ちくま文庫

御身

源氏鶏太

筑摩書房

目次

御身

御身

第一章　三十万円

一

目を覚ましたとき、自分がどこにいるのかわからず、ちょっととまどってしまった。いつもの自分の部屋でないことだけは、たしかなのである。しかし、すぐにホテルなのだ、と気がついた。ホテルのダブルベッドの上なのだ。ああ、とかすかな溜息を洩らして、

（とうとう、外泊してしまったのだ！）

まず、弟に何んと弁解したものであろうかと思いわずらった。

長谷川は、向こうむきになって、おだやかな満ち足りたような寝息を立てていた。私は、その背中にしがみつき、顔を埋めるようにして寝ていたのだ。自分でも思いがけぬ姿勢であった。そのことが、自分の長谷川への偽らぬ感情を現わしているようだった。思えば、こんな筈ではなかったのだし、あくまで「事務的」で通すつもりであったのだ。

（しかし、今日で、何も彼も終りになるんだわ）

しかし、まさしくその日を迎えた私の気持ちは、そのことを喜んでいないのであった。寧ろ、悲しんでいる……。そういう自分を、私は、憎みたくなっていた。

長谷川が目を覚まさないように、私は、そうっとベッドから降りた。スリッパが冷やりとする。まだ、六時を過ぎたばかりであった。渋谷の高台にあるこのホテル全体が、ひっそり

と寝静まっているようであった。

テーブルの上には、昨夜飲んだビール瓶とか食べ残した物をのせた皿などがおいてあった。きたならしいだけだ。それらを音のしないように片づけておいて、すこしカーテンを開いて見た。

五月の朝空は、爽やかに晴れ上っていた。目黒一帯の家々が、窓の下の方にひろがっていた。しかし、どの家もまだ眠っているようであった。じいっと、それを見ているうちに、何かやるせない思いがひたひたと押し寄せてくるようだ。

うしろで動く気配がした。振り向くと、長谷川が寝返りを打ったのである。何か口の中でいっていたようだが、そのまま静かになってしまった。たしか、四十歳なのである。決して、美男子ではないが、憎めない顔をしていた。不潔でもなかった。

（もし、あたしのこういうことが、和気さんに知れたら？）

私は、身ぶるいを感じた。長谷川とこういう関係になるとき、私は、和気年久をあきらめようと決心した筈なのである。その決心は、今でも変わらない。しかし、知られることは嫌だった。死んでも嫌だ、と思っている。軽蔑されるに違いないであろうから。私は、だれに軽蔑されようともかまわないが、和気年久にだけは、軽蔑されたくなかった。虫がいいとはわかっている。

私は、風呂場へ行って、昨夜の湯を捨てて、新しい湯と入れかえた。長谷川は、その音にも目覚めぬようであった。私は、一人で浴槽に身体を沈めた。

（二十四歳のあたし……）

私は、自分の身体を他人のような目で、ジロジロと眺めまわしていた。長谷川は、いい身体をしているな、とほめてくれた。だからといって、乱暴に扱ったりはしなかった。やさしく、いたれり、つくせり、であった。とはいうものの、私は、長谷川以外の男を知らないのである。和気なら、どのように扱ってくれるであろうかということは、秘かに想ってみたことがあるけれども。長谷川の愛撫を受けているときにそういう空想をして、二重の喜びを味わったことがないとはいい切れないのである。

私は、石鹸をたっぷり使って、身体のすみずみまでも洗った。胸底から何かが込み上げて来て、目頭が熱くなって来た。

（ああ、泣くんだわ）

私は、涙の流れるにまかせておいた。自分ながら感傷的になっているとわかっていた。こんなことは、はじめてなのである。今頃になって、こういう感傷に襲われようとは、思ってもみないことだった。だけど、それはそれで、悪くなかった。涙の玉は、石鹸の泡の中に、次々に吸い込まれていった。

泣いたことで、私は、却《かえ》って、気持ちがさっぱりできた。部屋へ戻ると、長谷川は、まだいい気持ちそうに寝ていた。私は、鏡台の前に腰を掛けた。鏡にうつった自分の顔をしばらく見つめていてから頭髪の手入れにかかった。

「何んだ、もう起きていたのか。」

うしろから長谷川がいった。私は、鏡の中の長谷川の寝呆け顔に、

「はい。そして、お風呂へも入ってしまいました。」

「いっしょに入ろうと思っていたのに。」

「残念でした。」

「今、何時？」

「七時に十分前です。」

「あと、三十分寝かしてくれないか。」

「どうぞ。」

「その間に帰ったりしたら承知しないぞ。」

「どうしてですの？」

「話があるんだ。」

「話って？」

「あとでいう。」

　そういうと、長谷川は、目を閉じた。

　私は、鏡台の前をはなれると、洋服に着換えた。そのあと、窓際の椅子に腰を下ろして、外の風景を眺めながら煙草に火を点けた。吸うのではなくて、ただ吹かすだけなのである。しかし、これだって、長谷川を知るようになってからであり、長谷川以外の人の前では避けるようにしていた。

二

「お姉ちゃん、大変なことになったんだ。」

弟が真ッ青になって私にいったのは、半年前であった。

私は、虎の門のK商事会社に勤めていた。弟は、浅草のM玩具製造会社に勤めていた。弟は、二十二歳で、高校を卒業すると、そこへ勤めるようになっていたのである。

その日の昼すこし前に、弟から電話がかかって来て、

「大至急に相談したいことが出来たんだ。」

と、おろおろ声でいった。

で、私たちは、私の会社の近くの喫茶店で落ち合ったのであった。私は、弟の相談というのは、どういうことか見当がつかず、しかし、どんな相談にでも乗ってやらねばならぬ、と思っていた。何故なら、私たちは、二人っきりの姉弟であり、両親がなかったのである。私が今日まで結婚しないでいた一つの原因になっていたかもわからない。

「大変なことって？」

「お金を落してしまったんだ。」

「まア、いくらよ。」

「三十万円。」

「三十万円！」

私たちにとって、それは目のくらむような大金であった。私の月給は、一万二千円。弟の月給は、一万円。合計二万二千円で、私たちは、六畳一間のアパートでつつましく暮して来たのだ。その中からいくらかでも貯金しておこうと努めて、やっと二万五千円をためたやさきなのである。

「いったい、どうしてそんな大金を落したりしたのよ。」

私は、思わず叱りつけるようにいってしまった。弟は、脅えたようにうなだれ、周囲の人がこっちを見たくらいであった。しかし、私は、そんなことにかまっていられないような切羽詰まった気持ちで、

「会社のお金？」

と、更に、たたみかけるようにいった。

「違うんだよ。」

「では、どういうお金よ。」

「課長の。」

「まア、課長さんの？」

私は、ますます困ったことになった、と思った。勿論、会社の金であっても困る。しかし、会社の金の場合には、大いに叱られても、そこに情状を酌量して貰える余地がありそうだ。が、他人の、まして、課長の金とあれば、早急に弁償しなければならないだろう。また、それが当然のことなのである。私は、目の前が真ッ暗になるような気がした。もうどうしてい

いかわからなくなってくる。

「今日、いつものように得意先へまわることになって、課長がついでに投資信託を証券会社で売って来てくれといったんだ。」

「………」

「浅草のA証券で売った代金が、三十万二千八百五十円だったんだ。」

「………」

「それを袋に入れて貰って、たしかに洋服の内ポケットにしまっておいた筈なのに、日本橋のデパートの前まで来て、なくなっていることに気がついたんだ。」

「………」

「もしかしたら、さっきの証券会社に忘れたのではないかと思って、タクシーで引っ返してみたんだけど……。」

「なかったの？」

弟は、うなずいた。

「課長さんは、どうしてあんたなんかに、そんなことを頼んだんでしょうね。」

「僕は、割合いに信用されていたんだ。」

「信用されていたのなら、なおさら用心していなくっちゃダメじゃアありませんか。」

「ねえ、どうしよう？」

「どうしようって、課長さんには、まだいってないんでしょう？」

「いえるもんか。どんなに叱られるかわからないよ。」

「叱られるだけですまないわよ。弁償しなくちゃア。」

「弁償？」

「当然でしょう？」

「出来る？」

「出来っこないわよ。月に三千円ずつ返していったとしても八年以上かかるわ。それだって、課長さんがそういうことで、うんとおっしゃったらのことよ。」

「その三十万円は、課長のお嬢さんの結婚のための費用にあてるつもりだったらしいんだ。」

「まア、お嬢さんの結婚？」

とすれば、ますます早急に返済しなければならなくなる。私は、まだ見たこともない課長の娘の花嫁姿を頭の中に描いた。その人のためにも、三十万円の工面を何んとかしなければならないのである。

「これから会社へ戻って、課長さんに正直におっしゃい。そして、どうか、一週間だけ、ご猶予を下さい、と。」

「一週間？」

「その間に、姉が何んとか工面してお返しいたします、といっていましたというのよ。」

「お姉ちゃんに、アテがあるの？」

「あるもんですか。まるで、ないわよ。」

私は、もう腹が立ってたまらなかった。しかし、すっかり意気銷沈してしまっている弟を見ていると、これ以上、叱るわけにはいかないのである。却って、哀れさが感じられてくる。とにかく、たった二人の肉親なのだ。

私は、その日のうちに、東京にある二軒の親戚へまわった。しかし、問題にされなかった。一万円でもといったのだが、冷淡にことわられてしまった。ぐったりと疲れてアパートへ戻ると、弟は、食事もしないで待っていた。

「課長さんにいったの？」

「とっても叱られたよ。」

「当然だわね。」

「一週間以内に返して貰わないと、娘の結婚式が出来ないことになってしまうんだ、と。」

「そう。」

私は、途方に暮れるばかりであった。泣き出したいくらいであった。しかし、私が泣けば、弟だって泣き出すに違いないのである。もともと、気の弱い弟なのだ。すでに、目頭を濡らしているようだ。二人いっしょに泣いたところで、三十万円の工面が出来るわけのものではないのだ。

その夜、私たちは、いつものように蒲団を並べて寝た。弟は、しょっちゅう寝返りを打っていた。私は、大きな目を開いて、天井を睨みつけていた。無性に腹が立ってくるのである。

勿論、弟に対してでも、課長に対してでもない。いってみれば、三十万円という大金に対してであったろうか。

私は、自分の会社で、金の貸してくれそうな人がいないかと探してみた。しかし、一万円や二万円ならともかく、三十万円となると、あきれられるか、一笑に付されるだけであろう。

（世間には、三十万円なんか、どうでもいいと思っている人だってあるに違いないのに）

そして、私が、そのあと、閃めくように思ったのは、

（誰かが私を三十万円で買ってくれないだろうか）

と、いうことであった。

しかし、すぐにそれこそ正気の沙汰ではないと打ち消した。第一、それでは、私を愛してくれているらしい和気年久に対して、申し訳ないということになる。そして、私だって、和気が好きなのである。好きというよりも、愛しているといった方が当っていたろうか……。

和気年久は、私と同じ会社に勤めている青年だった。まだ、独身で、二十九歳である。そして、一人でいるときは、いつでも何かを静かに考えているようなのである。勿論、同僚といっしょのときは、冗談もいうし、明るい笑顔でいる。私が和気に惹かれるようになったのは、昼の休憩時間に屋上で、人人からはなれてたった一人で、外を見つめている横顔を見たときからであった。その横顔には、何んといったらいいのか、一種の精神的なものを感じさせられたのである。ただ精神的といっただけでは、説明不足である。孤独、といったがいいのか、それとも、憂愁、といったがいいのか。その目は、外を見ているようで、その実、心

の深味を覗いているようであった。その心の深味に、いったい何があるのだろうか。

そのうちに、和気は、私の視線に気づいたらしく、こっちを見た。私は、あかくなった。が、和気の方が私以上にあかくなった。同時に、孤独も憂愁も消え失せていた。そのあとに微笑が漂いはじめた。

（もし、あたしで出来ることならどんなことでもしてあげたいわ）

私は、咄嗟にそんなことを思ってしまったのである。頭から和気の胸の底に悲しみが潜んでいるものときめてかかっていた。思えば、おかしなことであったが、自分では、おかしくなかった。

私は、和気のそばへ行き、彼と並んだ。和気は、黙っていた。私も黙っていた。それでいて、私は、満ち足りた思いでいられた。そして、和気も同じ思いでいるに違いないと信じていた。私のうぬ惚れであったかもわからない。しかし、私は、自分が横にいるだけで、和気の気持ちが和らぐのであったら、いつでもそばにいてやりたいような気持ちにさえなっていたのである。

午後一時になった。事務室へ戻らなければならない。

「有りがとう。」

和気がいった。私は、おどろいたように和気を見た。和気は、見返して、

「有りがとう。」

と、もう一度、同じ言葉を繰り返してから、エレベーターの方へ歩いて行った。

そのうしろ姿を見送りながら、

（和気さんは、あたしの気持ちがわかってくれたんだわ）

と、私は、もう有頂天になりたくなっていた。

一週間目に、私たちは、映画に行った。和気は、よけいなことをいわないで、私の喋りまくるのを、聞いていてくれた。途中で、それに気がついて、

「あたし、お喋りでしょう？」

と、てれたようにいうと、

「もっと、喋ってくれたっていいんだよ。」

その一言で、私は、ますます和気に惹かれるようになった。そして、そのときの別れぎわにも、

「有りがとう。」

と、和気がいった。

そうなると、私は、いよいよ和気のためにつくしてやりたくなる。もし、和気が欲しいといったら、私のすべてをあたえてもいいとさえ思いはじめていた。そのくせ、私は、和気との結婚をすこしも考えていなかった。その次の映画に行ったとき、私は、自分から和気に接吻を求めてしまったのである。

和気は、とまどっていたようであった。私は、羞かしくなった。すべては、自分の一人よがりであったのかと引っ込みがつかなくなりかけていた。

「お願い……。」

私は、目を閉じた。やがて、和気の唇が私のそれをおおった。一度目は、軽く終った。私は、物足りなかった。が、二度目の接吻は、十分に熱情的であった。

和気には母親がなかった。そのことで、和気は、私の中に母親的なものを求めているのではないか、と思ったりもした。しかし、それこそ、私の最も望むところであったかも……。

三

そういう和気との関係が三ヵ月も続いたとき、弟が三十万円をなくして来たのである。

しかし、私は、和気にだけは相談しまい、と思っていた。相談したところで、どうにもなるものでないことは明白なのである。却って、心配をかけるだけだ。

といって、あと一週間のうちに、どうして三十万円もの大金を工面すればいいのであろうか。それを思うと、気も狂いそうになってくる。しかし、私の横で寝ている弟は、私以上に苦しんでいるに違いないのである。

それでも、私は、いつか眠ったらしいのだ。が、夜中に異常な気配を感じて、ハッと目を醒ますと、弟の蒲団が空になっていた。私は、あわてて起き上った。弟は、流し場にいた。そして、私に見られたのを知って、あわてて何かを背中に隠した。

「どうしたのよ。」

私は、鋭くいった。

「ナ、何んでもないんだよ。」

「何を隠したの？」

弟は、唇を嚙みしめているだけだった。私は、立って行って、弟が背中に隠している物を見た。庖丁であった。私は、背筋に冷水を浴びたようにぞうっとした。

「この庖丁で、何をするつもりだったの？」

「………」

「ねえ、叱らないからおっしゃいよ。」

「死んでやるつもりだったんだ。」

「死ぬ？」

私は、わざとあきれたように、

「たかが、三十万円ぐらいのために死ぬの？　あんたのいのちって、そんなに安っぽいの？」

「だって、僕は、口惜しかったんだ。」

「口惜しい？」

「課長の奴め、僕が落したといっても信用しないんだ。みんなの前で、僕が隠しているようにいうんだ。泥棒のようにいうんだ。」

「そんなひどいことを？」

「だから、僕は、死んで無実のあかしを立てたかったんだ。」

そういうと、弟は、声を上げて、泣きはじめた。余っ程、口惜しかったのであろう。しかし、それだって自業自得なのである。それにしても、人人の前で泥棒呼ばわりはひどすぎる。姉として、どうして放っておかれようか。これを放っておいたら地下の父も母も、きっと腑甲斐のない姉、というだろう。この瞬間、私は、

（あたしの身体を、誰かに三十万円で買って貰おう）

と、決心した。

和気には悪いけど、今は、そういうことをいっていられる場合ではない。和気には、母親代りになってやれる女は、いくらでもいるだろう。現に、会社の杉山洋子が和気を好きなようだ。しかし、弟にとっては、姉は、私一人なのである。私がその面倒を見てやらなかったら、誰も見てやらないのだ。私は、このときほど、血のつながりを強く感じたことはなかった。恐いくらいであった。

「利夫ちゃん。もう心配しなくてもいいわ。あたし、一週間以内に、きっと三十万円をつくって来て上げるから。」

そういいながら、私は、目頭を濡らしていた。アパートは、物音一つせず、悲しいほど静かであった。

翌日、私は、京橋にあるバー「K」を訪ねた。二階にあって、上品な店であった。さして広くはないのだが、客筋は、上等のように聞いている。このバーは、私のクラス・メート浅野明子の姉がマダムなのである。いつか、同窓会の帰りに明子に連れられて行った。マダム

は、私の顔を覗き込むようにして、

「いつでも、気楽に遊びにいらっしゃいな。」

と、いってくれたのである。

私は、その後、一度も行っていなかった。行ってみたいとも思わなかったのである。しかし、私が、自分の身体を三十万円で、と思ったときには、そのマダムの顔を思い浮かべていたのである。しんけんになって頼めば、何んとか相談に乗って貰えそうな気がしていたのである。恥かしいなんか、もういっていられなかった。ただし、私に三十万円の価値があるかどうか。そして、果して、そういう男がいるものかどうか、見当がつかなかった。

私がそのバーへ入って行くと、時間が早かったせいか、マダムは、まだ来ていなかった。客も、カウンターに一人と、隅の方の席に二人組がいるだけであった。女たちは、その二人組の周囲に集まり、カウンターの男は、ウイスキーを飲みながらダイスをしていた。私は、カウンターに近づいて行き、バーテンダーに、

「マダムさんは、まだでしょうか。」

ダイスをしている男は、ちらっと私を見たが、すぐ視線を戻した。バーテンダーは、時計を見て、

「あと、十分もしたらくると思いますが。」

「ここで、待たして頂いてもいいでしょうか。」

「どうぞ。」

私は、カウンターの隅の方に寄った。ここまでは来たものの、無性に肩身がせまくなってくる。

「何か、お飲みになりますか。」

バーテンダーがいった。私は、頭を横に振った。ダイスをしている男は、もう私には無関心であった。私には、その方が気楽であった。隅の方の客は、ときどき、女たちを笑わせていた。

十五分ほどして、マダムが姿を現わした。バーテンダーが、

「マダム、さっきからこのお方が。」

と、私の方を見た。

マダムは、私を覚えていて、

「まア、矢沢さん。よくいらっしゃったわ。」

と、好意のこもった笑顔でいった。

四

マダムは私の話を本気になって聞いてくれた。

「で、あたし、どうしても一週間以内に三十万円がいるんです。」

「三十万円、大金だわねえ。」

「どなたか、私を買って下さる人がないでしょうか。」

「あんたを？」

「でないと、どうしていいかわからないのです。」

「本気なの？」

「はい。」

「どんな嫌な男にでも売れる？」

「わかりませんけど、こうなったら、たいていのことは我慢するつもりです。」

「あんた、偉いわねえ。」

「だって、弟のために。」

「恋人がないの？」

「あるような気がしているんですけど。」

「どんな関係？」

「関係って？」

「たとえば、接吻をしたとか。」

「接吻なら、何回か。」

「それだけ？」

「はい。」

「だったら、三十万円は、高くないわよ。」

マダムは、そういっておいて、何か考えているふうだったが、そのうちに黙々としてダイスをしている男に目をつけた。

「ちょっと、長谷川さん。」

マダムが呼んだ。

「何?」

長谷川と呼ばれた男は、こっちを見た。私は、もう胸をドキドキさせていた。しかし、不潔な印象でないのが、せめてもの救いであった。

「こっちへいらっしゃいよ。いいお嬢さんを紹介してあげるから。」

長谷川は、自分のウイスキー・グラスを持って、近寄って来た。

「こちら、あたしのお友達。もっと詳しくいうと、妹のクラス・メートの矢沢章子さん。」

私は、黙って、頭を下げた。

「光栄だね。」

「こちら、長谷川電器の社長さん。」

「よろしく。」

私は、もう一度、頭を下げた。マダムが、

「何か、飲むでしょう?」

と、私にいった。

「ビールなら。」

マダムは、私のと自分のと二つのグラスを取り寄せた。そして、ビールを注いでくれて、

「さア、飲みましょう。」

「いただきます。」

しかし、私のグラスを持つ手は、ふるえていた。軽く、口をつけただけにした。

「長谷川さん、いいお嬢さんでしょう?」

「そう。」

「たしか、あんた、こういうタイプのお嬢さん、好きだったわね。」

「そう。」

「好きになってあげない?」

「好きに?」

長谷川は、強い目で、私を見た。私は、あわててうなだれた。品定めをされているようで、自分自身がみじめで仕方がなかった。このまま、逃げて帰りたいくらいだった。

「しかも、正真正銘のバージンです。あたしが保証するわ、ただし。」

「ただし?」

「三十万円を先払いのこと。」

「三十万円?」

「長谷川さんにとっては、たいした金でないでしょう?」

「いや、大金だね。」

「嘘おっしゃい。ただし、期間は、六ヵ月間よ。」

「それは、どういう意味だね。」

「こんないいお嬢さんを、三十万円で二年も三年もなんて、虫がよすぎますということ。ただし、あんたにその気がないんなら、あたし、ほかの人に当ってみるけど。」

「……………」

「人だすけにもなることなのよ。」

マダムは、あらためて、私が三十万円を必要としている理由について話した。聞き終った長谷川は、何んにもいわないで洋服の内ポケットから小切手帖を出すと、三十万円と金額を書き、署名捺印して、私の前に置いた。

第二章　鬼でも蛇でも

一

私は、その小切手をしばらくぼんやりと眺めていた。三十万円という大金が、こうもやすやすと私の手に入ろうとは、思っていなかったのである。

（三十万円……）

そう呟いてみたが、すこしも実感がわいてこない。ばかりでなく、

（この三十万円で、私は、この人に買われるのだ……）

という実感も一向にわいてこないのであった。

自分に関係のない、遠い場所での出来事のように思われていた。あるいは、映画の中の一シーンを見ているような気持ちでもあった。そのくせ、私の胸の奥に、微かな不安があって、その不安が、しだいに頭を持ち上げて、迫って来そうな予感に脅えてもいたのである。いつまでも、小切手に手を出さぬ私に、

「どうしたの？」

マダムがいった。私は、弱々しい目で、マダムを見た。さっきから長谷川は、一言も利かないのである。しかし、私は、その視線を頰に感じていた。それこそ、痛くなるほど。

「嫌になったの？」

私は、頭を横に振った。

「だったら、早く、その小切手をしまってしまいなさい。」

「…………」

「急にいって、この長谷川さん以上の人は、考えられませんよ。」

マダムは、私が長谷川では不満と思っているらしいと誤解したようだ。それでは、せっかく親身になってくれているマダムに申し訳ないし、悪いのである。今の私には、相手について、とやかくいえるほどの余裕はないのだ。そんなことをいっていたら、それこそ、弟を本当に自殺に追いやってしまうかもわからない。

「あたし、有りがたく。」

私は、小切手に手を出した。

「そうよ。」

「すみません。」

私は、はじめて、長谷川を見た。長谷川は、軽く笑って、

「何んだ、真ッ青になっているぞ。僕だって、人間なんだ。鬼でも蛇でもないから、そんなに心配することはないよ。」

その尻馬に乗るように、マダムが、

「そうですよ。あとになって、却って、長谷川さんでよかった、と思うようになるから……。」

と、これまた、声を出して笑った。

私は、あかくなった。同時に、はじめて、

(買われてしまったのだ!)

との実感が、強く迫って来た。

あと半年間は、長谷川のいうことなら、どんな嫌なことにも応じなければならないのである。それが私に課せられた義務のようなものなのだ。思いがけず、和気年久の顔が、目の前に浮かんで来た。こんな事情を知っている筈がないのに、恨めしそうに見ている。私は、目を閉じた。

(和気さん、さようなら)

私は、目を閉じたままで、ぐっとビールを飲んだ。グラスに半分ぐらいも飲んだのでなか

ろうか。いっそ、酔ってしまいたかった。酔いが醒めたときに、すべてが終っていた、というのであってほしかった。

「やっと、決心がついたらしいわね。」

いってからマダムは、長谷川に、

「さア、これで、あんたの思うとおりにしていいのよ。煮て食べようと、焼いて食べようと、どうぞ、ご自由に。」

「わかっている。」

「ただし、期間は、半年間ですよ。」

「わかっている。」

「いっておきますが、だからといって、将来、この人の結婚の場合、邪魔をするような真似だけは、絶対にしないで下さい。」

「わかっている。」

長谷川は、マダムのいうことに、一切、さからわなかった。マダムが何んといおうが、三十万円もの大金を出した以上、自分の勝手であると思っているようで、私は、心細くなってくる。しかし、それについて、私には、今の場合、何もいうことは出来ないのである。ただ、

(どうか、この人が紳士でありますように)

と、祈りたくなっていた。

しかし、思えば、何んという虫のいい祈りであったろうか。一人の娘を三十万円で買うな

んていう男が紳士であろう筈がないのである。あらかじめ、その覚悟を決めておく必要があるし、その方が、先になって取り乱したり、後悔したりすることがすくないに違いなかろう。

私は、小切手をハンド・バッグの中にしまい込んだ。あとは、長谷川の指示を待つばかりである。私は、残りのビールを飲んだ。すこし酔って来たようであった。

長谷川は、新しいウイスキイを取った。酒に強いようだった。それを飲み終ると、長谷川は、腕時計をちらっと見て、

「とにかく、ここを出よう。」

と、私にいった。

「あら、もう?」

マダムは、あきれたようにいった。

「さよう。善は急げ、というからな。」

長谷川は、ニヤリと笑って、私の肩に手を触れた。私は、払いのけたいのを我慢しながら、無意識のうちにマダムに救いを求めるような目を向けていた。しかし、すでにマダムの目は、私を拒否していた。私は、観念して、脚の高い椅子から降りた。

長谷川の後に続いて、私は、階段を降りて行った。屠所に曳かれていくような思いだった。しかし、自分でもあきれたことに、酔いのせいか、未知へのあこがれのようなものを、ほんのすこしだが感じていたようだ。そして、

（昨夜のうちに下着を換えておいてよかったわ）

と、思っていた。

もし、この上、下着のうすぎたない女であった、と思われたら、私は、死にたくなったかもわからない。

長谷川は、タクシーを停めると、自分から先に乗り込んで、

「東京駅、八重洲口。」

と、運転手にいった。

「あら、遠くへいらっしゃるんですの。」

「そう、大阪まで。」

「すると、あたしもでしょうか。」

「嫌かね。」

「だって、弟が……。」

「誰が、大阪へいっしょに連れて行くといった。しかし、見送りぐらいはいいだろう?」

「そんなら、あたし、喜んで。」

私は、声を弾ませた。今夜は、何もないことで終りそうなのだ。

「こいつ、現金な奴だ。」

「だって……。」

私は、甘えるようにいってしまった。解放の気安さから、長谷川が、

「そのかわり、帰って来てから、いいな。」

と、念を押すようにいったとき、

「どうぞ、お待ちしています。」

と、はしゃいだ口調でいった。

長谷川は、名刺をくれた。長谷川電器株式会社、社長長谷川虎雄となっていて、会社は、日本橋にあった。

「君は?」

「虎の門のK商事株式会社の総務課です。」

「K商事?」

長谷川は、ちょっとおどろいたようにいった。私は、不安になって、

「ご存じですの?」

「いや……。」

長谷川は、軽く否定しておいてから、

「一週間で帰ってくるが、電話をしていいかね。」

「どうぞ。」

タクシーは、八重洲口に着いた。長谷川は、私のために入場券を買ってくれた。

「そのボストン・バッグ、お持ちしましょうか。」

「持ちたいか。」

「せめて、それくらいのご用を勤めませんと、気がすみません。」

「よかろう。」

長谷川は、私にボストン・バッグをわたした。軽かった。プラット・ホームに上ると、長谷川の乗る列車は、もう入っていた。長谷川は、一等寝台であった。

「中へ入って見るか。」

「ええ、見たことありませんから。」

長谷川のあとに続いて入って行った。通路の両側に、カーテンを垂らした上下二段のベッドが並んでいた。私は、このまま長谷川といっしょに旅行するような錯覚にとらわれそうだった。

「あたしの方が早かったわね。」

なれなれしく長谷川にそういって、笑いかけた女があった。三十歳前後である。

（奥さん？）

私は、冷やっとして、歩みをとめた。しかし、奥さんにしては、垢抜けがしているようである。

（二号？　愛人？）

長谷川は、平然として振り返って、

「君、ご苦労であった。もう帰っていいよ。」

と、私からボストン・バッグを受け取った。

「失礼します。」

私は、強い目で見ているその女から逃げるように踵を返した。まだ、胸が波打っていた、

寝台車から降りて数歩と行かないうちに、

「君。」

振り返ると、長谷川であった。私は、黙っていた。

「今の女、見たろう？」

「拝見しましたわ。」

「二号なのだ。」

「まア。」

「僕には、もう一人、あんな女がいるのだ。」

私は、もう空いた口がふさがらなかった。そういうことをぬけぬけという男の気持ちもわからなければ、それをわざわざ見せる料簡も理解出来なかった。私は、長谷川に憎しみを感じた。長谷川から、

（お前だって、今夜からあの女の仲間入りなのだ）

と、いわれているようで口惜しかった。

結局、バカにされていたのだ。しかし、バカにされても、何んにもいえないのである。三十万円という大金のせいなのだ。私は、涙が出そうであった。

「まっすぐアパートへ帰るんだろう？」

「帰りますわ。」

「これを。」

見ると、長谷川は、千円を出していた。

「何んですの？」

「タクシー代だ。」

「いりません。」

「黙って、取っておきたまえ。半年間は、僕の自由になる筈だろう？」

「頂きます。」

「そうだよ。」

さっきの女が、寝台車の入口からこっちを見ている。私は、自分のライバルを見るような目で見返してから踵を返した。

（長谷川さんは、あたしのことを何んといって、あの女に説明する気か知ら？）

しかし、そんなことは、私の知ったことではないのである。私は、上ってくる人人にさからって、階段を下って行った。

二

一週間たった。

私は、会社にいても、電話のベルが鳴るたびに、長谷川からではないか、と冷や冷やしていた。しかし、退社時刻になっても、長谷川から電話がかかってこなかった。

（まだ、大阪から帰っていないのか知ら？）

かりにそうだとしたら私の寿命は、一日だけ延びたようなものである。喜んでいいのだ。しかし、却って、落ちつかぬ不安な思いもさせられていた。いっそ、長谷川の会社へ電話をかけてみてもいいのである。しかし、私は、

（よけいなことだわ）

と、思いとどまった。

あの夜、アパートに帰ると、弟は、先に戻っていて、浮かぬ顔をしていた。私は、すぐ小切手を見せてやろうと思ったが、弟は、それでは署名してある長谷川のことを説明しなければならない。嫌だった。私は、長谷川のことは、あくまで弟に内緒にしておくつもりでいた。もし、真相はこうだ、と弟に説明したら、弟だって、はい、そうですか、ですましていられなくなるだろう。三十万円を紛失したことで、十二分に卑屈になっているのである。この上、姉である私にまで、肩身のせまい思いをさせたくなかった。男は、それではダメになってしまう。こうなっては、私のことなんかどうなってもいいが、せめて、弟にだけは、一人前の男になって貰いたかった。亡くなった両親も、同じ思いでいるに違いなかろう。

「利夫ちゃん、三十万円は、明日のうちに何んとかなりそうだわよ。」

「えッ、ほんと？」

弟は、信じかねるように見ていたが、私が、ゆっくりと頷き返してやると、もう目頭を濡らしはじめた。

「何さ、男のくせに、泣いたりして。」

「だって、今日も課長から、とってもひどいことをいわれたんだ。」

「ひどいことって？」

「一週間以内に返さなかったら、警察へいって調べて貰うかもわからない、と。」

「それでは、あんたが落したか盗まれたのではなく、隠したように思っているのね。」

「そうなんだ。」

「何んて、ひどい人なんでしょう。」

「お姉ちゃん、本当に三十万円が大丈夫なの？」

「あたしにまかせておきなさい。」

「でも、どうして、そんな大金を？」

「あんたなんか、そんなこと、気にしなくてもいいんだわ。」

「そうもいかないよ、弟として。」

「まア、生意気。」

私は、睨みつけてやったが、弟は、見返して、

「やっぱり、心配になるんだよ。」

当然のことなのである。私にしたところで、三十万円の出所は聞いて貰いたくないが、しかし、何も聞かれなかったら逆に、

（利夫には、あたしの苦労なんか、ちっともわかってくれていないんだわ）

と、不満に思ったに違いないのである。

「あたしにだって、どうしていいかわからなかったから、課長さんに相談したのよ。そうしたら課長さんは、すっかり同情して下さって……。」

「貸してくれたの？」

「そうよ。そのかわり、毎月五千円ずつお返ししていくの。」

「五千円……。」

「あたしが三千円出すから、利夫ちゃんだって二千円出すのよ。わかったわね。」

「いいとも。ボーナスは、全額持ってくる。」

「そんなにしなくてもいいけど。」

しかし、私は、毎月の二千円とボーナスの一部を弟のために、別に貯金しておいてやろう、と思っていた。

「いい課長なんだね。」

しばらくたって、弟がいった。

「そうよ。」

しかし、私の課長は、そんな人ではないのである。

「それに比較したら、僕の課長なんか、月とすっぽんほどの違いがある。」

「三十万円の問題の前に、信用されていたといっていたくせに。」

「こんどこそ、あの課長の正体がわかったんだよ。かりに、三十万円を返したところで、いったん睨まれたら先の見込みがないし、僕は、あんな会社辞めたくなったよ。」

「辞めて、どうするの？」

「どっか、別の会社に勤めるんだ。」

「アテがあるの？」

「ないけど、探してみたいんだよ。」

「いけません、そんなこと。」

私は、強くいったけれども、しかし、辞めたいという弟の気持ちがわからぬではなかった。どんなにか居辛いだろうし、無理もないのである。

（いっそ、長谷川さんに頼んだら？）

そこまで考えて、私は、愕然とした。

（何んというあたしなんだろう）

もし、そんなことをしたら、長谷川との関係がたちまちバレてしまうに違いないのである。

翌日、私は、銀行へ行って、長谷川の小切手を現金に換えて貰った。小切手よりも現金を見ると、買われたのだとの実感が、更に強く迫って来た。しかし、私は、いまだに無傷のままでいるのである。そのことが不思議なように思われてならなかった。同時に、長谷川は、二号を連れて、今頃は、大阪の街を歩いているのだ、と思い出していた。だからといって、私には、どうのこうのということはない筈なのである。たとえ、長谷川に、二号から五号まであろうとも。

（あたしは、あくまで別なんだわ）

二号から五号までは、長谷川に愛されようと思っているだろう。あるいは、寵を競っているかもわからない。しかし、私には、そういう気持ちは微塵もないのだ。三十万円のために、半年間だけ、生きた屍になる決心でいる。生きた屍とは、すこし大袈裟なようだ。事務的に、といい直してもよいのである。

私は、その三十万円に、別に、二千八百五十円を加えて、その夜、弟にわたした。

「こんどこそ、落したりしちゃダメよ。」

「わかっている。僕は、この金をみんなの前で課長に叩き返してやる。」

「おとなしく、すみませんでした、というものよ。」

弟は、不満そうに黙り込んだ。

「課長さんのお嬢さんの結婚式は、いつ？」

「来月の十七日、土曜日だそうだ。」

「どこで、式があるの？」

「浅草蔵前の玩具会館で。」

「そう……。」

「どうかしたの？」

私は、頭を横に振った。しかし、私は、その日、課長の娘の花嫁姿を見に行ってやろう、と思っていた。本音は、あなたのために、私が、こういう女になってしまったんですよ、といってやりたいのだが、しかし、そんなことは出来る筈のものではないし、理不尽であることぐらいわかっていた……。

三

会社が終って、外へ出た。まだ、明るかった。まっすぐアパートへ帰ってもいいのである。しかし、弟には、長谷川からの電話を予想して、

「今夜、あたし、遅くなりそうだから、利夫ちゃんは、外でごはんをすまして来て。」

と、いってあるのだ。

それに、長谷川から電話がなかったということが、何んとなく、私の心に引っかかり、落ちつかせなかった。

(銀座を歩いて帰ろう)

私は、虎の門から新橋に向って歩きはじめた。私は、物思いに沈むように、うなだれながら歩いていた。誰かが、私の横に並んで、歩調を合わせるようにしている。顔を上げて、

「あら。」

和気年久であったのである。和気は、目顔で、微笑《ほほえ》みかけて来た。それだけで、私の胸の中は、もう波打ってくるようだった。あの夜、京橋の二階のバーで、和気への訣別をした筈なのに、実際の私は、こうもだらしがないのである。

しかし、この一週間、私は、私なりに訣別のための努力をして来たつもりであった。昨日も、今日も、いっしょに帰ろうと和気から誘われたのだが、断わっている。辛いことだった

が、私は、これでも長谷川への義理を果しているつもりだった。いや、それ以上に、和気の心を乱したくなかったのである。すでに、和気との結婚の資格を失ったも同然の私であってみれば、もう一歩も近寄ってはならないのだ。そして、私のかわりに、杉山洋子がふさわしいのだ、と信じていた。

「いっしょに歩いて貰える?」

和気は、静かな口調でいった。昼、私から断わられたことにこだわっていないようだった。いや、内心こだわっていても、そういうことを口にしない男なのだ。

「いいわ。」

「有りがとう。」

「和気さんの悪い癖よ。」

「えっ、何が?」

「すぐ、有りがとうだなんて。」

「しかし、実際に有りがたいから。」

「だけど、そのたびに、女は、増長することよ。」

「かまわんだろう、別に。」

「いいえ、いけません。あたしにならいいけど、ほかの女の人には。」

「僕は、君以外の女の人と交際しようとは思っていない。」

和気は、強くいった。もし、一週間前だったら、私は、有頂天になったに違いない。しかし、今は、辛いばかりであった。

「あたし、そんなの窮屈だわ。」

「窮屈？」

「息が詰まりそうだ、ということ。」

和気は、明らかに困っているのだ。

「ですから、たまには、他の女の人とも交際してみることよ。」

「嫌だね。」

「では、あたしの命令。」

「今日の君は、どうかしている。」

「いいえ、あたしって、本来がこういう女なのよ。」

「違う。僕は、信じない。」

「猫をかむっていたのよ。差し詰め、厚生課の杉山洋子さんなんか、あたし、すいせんすることよ。」

しかし、実際に洋子と和気が仲良くしたら、私は、猛烈なヤキモチを焼くかもわからないのである。そのくせ、私の別の心は、洋子と和気が接吻ぐらいするのだったら許せそうな気がしていた。許すというよりも、その方が安心なのである。いや、安心というよりも、これで、和気と自分がアイコになれるとの横着な計算が密かになされていたのだ。アイコというのは、お互いにうしろ暗いことをしているのだからとの意である。しかし、唇だけの場合と、すべての場合とでは、まるで比重が違っていることもわかっているつもりであった。わかっていて、私は、そんな虫のいいことを考えている自分が、嫌になってくる。しかし、どうにもならなかった。結局、私は、和気に対して、未練たっぷりなのだ。

「僕は、彼女のことなんか考えたことはないよ。」

「だったら、考えて上げて。」

「嫌だね。」

「あたし、以前に、杉山さんからあなたが好きだといわれているのよ。だから、たまにはいっしょに映画ぐらい誘って上げて。」

「嫌だね。」

「おかしな人。」

「何故？」

「せっかく。あなたにいい思いをさせて上げようと、こんなに親切にいってるのに。」

「そういうのを親切とはいわない。」

「では、あたしが意地悪をいっているとでもおっしゃるの？」

「そうだ。」

「あなたには、ちっともあたしの気持ちがわかっていないのね。」

「今夜の君は、僕にわからぬところだらけだ。」

「嫌いになったんでしょう？」

「好きだ、何も彼も。」

「まア、何も彼も？」

「………」

「だったら……。」

そのあと、私は、

（今夜のうちに、あたしのすべてを略奪してしまいなさい）

と、いいたかったのだが、流石《さすが》にいえなかった。

四

銀座へ出て、いっしょに食事をした。いつもは、ビール一本でやめる和気に、

「もう一本、お飲みなさいよ。」

と、すすめて、

「今夜は、あたしもちょっとぐらい酔ってみたいのよ。」

と、つけ加えた。

二本目のビールの大半は、和気が飲んだが、私もグラス一杯ぐらいは飲んだろう。酔いに頬がほてってくる。酔うと、すこしずつ大胆になってくる。さっき、和気にいいそびれた言葉が、しつっこく頭の中に点滅していた。今夜の和気に、その勇気があったら、私は、本当にそれを実行してもいい気になっていた。

しかし、それでは、あの京橋のバーのマダムが長谷川に出した条件とは、根本的に違ってくることになるのだ。その道のベテランらしい長谷川のことだから、たちまち見破ってしまうに違いない。

（その結果は？）

三十万円を返せというだろうか。それとも、笑ってすませてくれるか。

（あたし、長谷川さんをすこし甘く見過ぎているのでなかろうか）

そういう反省もないわけではなかった。しかし、わざわざ私を二号のいる前へ連れて行ったりするような男なのである。こっちだって、それ相当な女になってやっていい筈である。

「出ようか。」

和気がいった。

「ええ。」

私たちは、ふたたび銀座の雑踏の中を歩きはじめた。他人の目には、私たちは、世にも幸せな恋人同士と見えたであろう。たしかに、恋人同士であるが、世にも不幸な、なのである。

歩いているうちに、私は、何んだか泣けて来そうであった。

「僕は、君との結婚のことを考えているんだけど、いけないだろうか。」

和気は、遠慮勝ちにだがいった。

「出来ないわ、あたし。」

「えっ、どうして？」

「弟がいるんですもの。まだ、二十二歳よ。いっしょにいてやらないと、可哀そうなんです。」

「だから、結婚したら、いっしょに住んだらいいじゃないか。」

「そんなこと、あなたのお父さんがお許しになる？」

「僕自身のことだから。」

「だって、あなたは、父一人子一人なんでしょう？」

「そう。だが……。」

「だが？」

「近頃になってわかったのだが……。」

「どういうこと？」

「恐らく、君は、軽蔑するだろうが。」

「軽蔑しないわ。だから、いって。」

「父には、二号がいたんだ。」

「……………」

「それも、母が生きていた頃から。」

「……………」

「僕は、父を憎んでいる。理屈の上では、母が長い間病気をしていたのだし、父にそういう女性が必要であったことはわかるのだが、僕は、嫌なんだ。近頃は、父の顔を見るのも嫌なんだ。」

「…………」

「一日も早く、家を出てしまいたいんだ。」

「…………」

「僕にとって、どんなに君が必要か、わかってくれるだろう？」

和気は、歩みをとめて、私の顔を覗き込むようにしていった。和気にとって、私という女がどんなに必要なのか、今夜ほど、ひしひしと感じられたことはなかった。しかし、私たちは、結婚出来ないのである。でも、半年後なら……。そのためにも、明日でなくて、今夜のうちに……。

誰かが私の肩に触れて、

「どうも、失礼。」

と、いって通り過ぎて行った。

振り向いて、私は、それが大阪から帰っていない筈の長谷川だと知った。

第三章　腕時計

一

翌日。

私は、当然長谷川から呼び出しの電話がかかってくるものと信じていた。朝、アパートを出るときからその覚悟を決めていた。机の上の電話のベルが鳴るたびに、その電話か、と胸を波立たせていた。しかし、四時になっても、五時になっても、長谷川から電話がかかってこなかった。このまま帰ってしまえば、今日は、長谷川に摑まる心配はないのである。

（一日だけ、たすかるんだわ）

そういう思いは、たしかにあった。しかし、別の心は、妙に落ちつかなかった。私は、五時半頃まで、会社に残っていた。

私は、長谷川に会ったら、

「いっしょに銀座を歩いていた男は、誰？」

と、聞かれるに違いないだろうと思っていた。

そのときは、ただ、会社の人よ、と答えてもいいのだが、

「恋人よ。」

と、答えてやったらとも思っているのだった。

長谷川は、何んというだろうか。ふんと、鼻であしらうかも知れないし、

「そうか、君に恋人があったのか。だったら、悪いなア。」

と、気の毒そうにいいそうでもある。

ついでに、

「恋人があるんだったら、僕は、このままで君を解放してやる。勿論、あの三十万円はいらないよ。」

と、いってくれるのではあるまいか。

どんなに嬉しいだろうか。そうなったら、私は、その翌日にでも、和気と結婚してもいいのだ。和気は、家を出て、私たち姉弟といっしょに暮してもいい、といっているのだ。弟だって、その方を喜ぶだろう。そして、私も確実に今より幸せになれるのである……。

しかし、思えば、何んという虫のいい空想であったろうか。かりに、天と地がひっくり返っても、あの長谷川がそんな殊勝なことをいう筈がないのである。

昨夜、あまりの思いがけなさに呆然として長谷川を見送っている私に、

「誰?」

と、和気がいった。

「ちょっと……。」

「ちょっとって?」

「あなたに関係のない人よ。」

私は、良心のやましさから、つい口調を荒くしたらしいのだ。

「失敬。」

和気は、頭を下げた。その気の弱さが、私に物足りなかった。だけでなしに、さっきまで、(今夜のうちに、あたしのすべてを略奪してしまって!)

と、いおうと思っていた不逞な気持ちすら、すうっと消え失せていった。

一つには、長谷川に見られたとの思いのせいだったかもわからない。

そのあと、私と和気は、どちらかといえば無口になって、銀座の雑踏の中を歩いていた。和気は、さっきのことで、出バナを挫かれたように感じたのか、もう結婚のことは、口にしなくなった。そのくせ、心の中で、そのことばかりを考えていたに違いないのである。可哀そうであった。しかし、その夜の私は、それをいたわってやれなかった。いたわってやりたいのだが、どうせ結婚出来ないのなら、そういういたわりは、却ってマイナスの結果になりかねないと恐れてもいたのである。

和気は、いつものように、私をアパートの近くまで送ってくれた。

「もう、ここでいいわ。」

「さっきの話、しんけんに考えてくれないだろうか。」

「あたしは、ダメ。」

「そんなことをいわないで。」

「あなたこそ、杉山洋子さんのことをしんけんに考えて上げて。」

「僕は、本気なんだよ。」

「あたしだって。」

和気は、じいっと私を見つめて、

「今夜の君は、すこしどうかしている。」

「かも知れないわ。」

「こんなこと、いいたくないんだけど。」

「かまわないから、何んでもおっしゃって。」

「さっき、銀座ですれ違った人。」

「………」

「あのときから、君は、妙に不機嫌になったように思われるんだ。」

「そんなことあるもんですか。」

私は、強く否定したけれども、和気の敏感さに舌を巻き、秘かに狼狽していた。これも愛してくれているが故、と思えば嬉しいよりも、先が見えているだけに悲しいだけであった。

「だったら、いいんだが。」

「そうよ。男の癖に、妙に気をまわしたりしちゃアダメよ。わかったわね。」

私は、優しい口調でいった。

「ああ、やっと、いつもの君らしくなってくれた。有りがとう。」

「またッ。有りがとという言葉は、女の前で、めったに使わないようにって、いって上げたでしょう?」

「そうだったな。」

「さようなら。」

「おやすみ。」

和気のうしろ姿を見送りながら、私は、最後の接吻をしておきたくなった。明日は、長谷川から電話がかかってくるだろうし、そのあとでは、和気と接吻するわけにいかないのだ。

したって、わかりっこはないだろうけれど、それでは、誰よりも愛している和気をだますことになる。それが、嫌だった。勿論、すでに精神的にはだましていることになるが、しかし、私の唇は、和気以外の男を知らないのである。しかも、今夜限りなのだ。

私は、和気を追って行き、接吻を求めた。和気の胸に抱かれながら、

（これが、あなたとの最後の接吻なのよ）

と、心の中でいっていた。

私は、弟と枕を並べて寝ながら、そのときのことを思い浮かべていた。気がついたら、目尻がほんのすこし濡れていた。その涙が、いっそう私の悲しみを誘ったようであった。私は、その悲しみの底で、

（そうだわ、明日、杉山洋子さんをけしかけてやろう）

と、思っていた。

そうでも思わなかったら辛くって、やり切れなかったのでもあったろうか。

今日の昼、私は、社員食堂で、杉山洋子といっしょになった。洋子は、私と違って、中流家庭の娘なのである。その顔は、特別に美しいとはいえないが、一応可愛いし、一目で、幸せな家庭で育っている娘とわかる。私よりも二つ下の二十二歳であった。

「杉山さんは、いつか、和気さんが好きだといってたわねえ。」

「そうよ。だけど、あきらめたわ。」

洋子は、ちょっと物憂そうにいった。

「あら、どうしてよ。」

「だって、和気さんと矢沢さんは、恋仲なんでしょう？　あたし、知らなかったのよ。」

「嘘よ、そんなこと。」

「ほんと？」

洋子の私を見る目の色が、目に見えて明るくなって来た。私は、見返して、

「そうよ。ただのボーイフレンドに過ぎなかったんだわ。その証拠に、あたし、和気さんと結婚しようなんて気、これっぽっちもないことよ。」

「わッ、しめた。だったら、あたし、たった今から、断然好きになるわ。」

「ねッ、いいことをおしえて上げましょうか。和気さんて、あれで割合いに気が弱いのよ。だから、積極的に出た女が勝つのよ。」

「よーし。あたし、こうなったら猛烈果敢に攻めるわ。」

「ただし、こんなこと、あたしがいったなんていっちゃァダメよ。」

「いわないわ。」

「そのかわり、そのときどきの経過を、内緒であたしに報告して。」

「………。」

「そりゃア報告して貰わなくってもかまわないけど。でも、そうした方が、あなたの味方になって上げられるし、そのつどつど、適切な助言もして上げられるかもわからないと思って。」

「そうね。本当にそうだわ。」

この育ちのいい娘は、苦もなく私にだまされてしまったようであった。私は、会心の笑みを洩らした。しかし、そのときの私の心の中には、悪魔がすんでいたのである。

勿論、私は、和気との結婚をあきらめているのだし、洋子なら、和気を幸せにしてやれるだろう、と信じてのことだったのだ。しかし、もし和気が、洋子のいう猛烈果敢な攻撃にコロリと参ってしまったら、私は、きっと失望するに違いない。寧ろ、その反対であることを祈り、その経過を知っていたかったのだ。しかし、反対であったとしても、私には、今更和気をどうしてやることも出来ず、その資格が、今夜から完全になくなるのだと、百も承知の上のことなのである。自分でも、あきれるほどのいやらしさであった。

その日、とうとう長谷川から電話がかかってこなかった。そして、その翌日も。

二

私は、夜の銀座を歩きながら、

(和気さんと洋子さんも、今夜は、銀座へ出ている筈なんだわ)

と、そこらを見まわすようにしていた。

そのことを洋子が、午後四時頃にこっそり知らせに来てくれたのである。

「よかったじゃアありませんか。」

私は、妹にでもいってやるように、ニコニコしながらいうと、

「お蔭さまで。」

洋子は、ピョコンと頭を下げて、

「でも、こうなるまでに、連続三日間の攻撃が必要だったわ。」

「あたしのいった通りだったでしょう？」

洋子は、頷いて、

「明日、今夜の経過を報告にくるわ。」

「期待しているわ。」

「まかせておいて。」

「自信満満らしいわね。」

「でもないんだけど、和気さんには、それが必要なんでしょう？」

「そうよ、そうよ。」

洋子は、戻って行った。

一昨日も、昨日も、私は、和気から誘われていたのである。が、わざと、にべもなく断わった。その結果が、和気と洋子のデートということになったのであろう。二回も断わられたことで、流石《さすが》の和気もむっとしていたようであったから。

長谷川からは、更に三日間も電話がなかった。その方がたすかるようなものだが、しかし、妙にじらされているようでもあり、また、忘れられているようでもあり、その日その日が不安で仕方がなかった。いつまでも、こういう状態でいるのはやり切れない。でないと、つい安易な、自分の都合のいい結果を空想したり、考えたりしそうになる。結末は、わかり切っているのだし、それなら早く決着をつけて、覚悟をきめてしまいたかった。

私は、昨日、長谷川の会社へ電話をした。

「社長さん、あたしです。矢沢章子です。」

「矢沢章子？」

長谷川は、とっさには私の名が思い出せないようであった。

「嫌ですわ、お忘れになりましたの？」

「どうも……。」

「三十万円の小切手を頂いた。」

「ああ、君か。」

長谷川は、自分でもおかしくなったように笑って、

「矢沢章子なんていうから、わからなかったんだ。いきなり、三十万円の口ですといえば、すぐ君の顔が浮かんだんだ。」

私は、あかくなりながら、

「自分の口から、そんなことをいえませんわ。」

「それもそうだな。あの小切手、役に立ったか。」

「はい。」

「よしよし。では、いよいよ、こっちが狼になる番だな。」

「あたし、何んだか恐いわ。」

「当りまえだ。恐くない三十万円なんてあるもんか。」

「あたし、今夜、どうしたらいいのでしょうか。」

「今夜？」

ちょっと間をおいて、

「都合が悪いんだ。そう、明日、明日なら何んとか都合をつけて上げられる。」

「お願いします。」

いってしまってから、私は、どうしてそのようにいったのだろうかと、自分に腹を立てた。それなのに、長谷川までが、

「ああ、いいとも。」

と、威張っているのだった。

私は、電話を切ってから、わざわざ電話をかけたりして、損をしたような気持ちになっていた。正直に電話なんかしないで、いつまでも放っておけばよかったのだ。そして、悪者になった気で、逃げて逃げて、逃げまわるのである。長谷川から電話がかかって来ても、そのときは、わかりました、といっておいて、すっぽぬかしてやる。期間は、六ヵ月ときめられているのだし、そのようにして、六ヵ月を過ごしてしまえば、こっちのものなのだ。そのあとでは指一本触れさせてやらない……。

そういう空想に、私は、胸を踊らせた。スリルが感じられる。ある生甲斐のようにも思わ

れてくる。長谷川が憤ったところで、まさか表沙汰にはしないだろうし、また、出来もしないだろう。

しかし、実際の私は、こうやってのこのこと銀座へ出て来ているのであった。

(だって、そんなことをしたら、せっかく話をつけて下さった京橋の「K」のママさんに悪いんですもの)

それに、あの三十万円によって、弟のいのちがたすかったようなものだと思えば、そんな不義理な真似は出来ないのである。それこそ、一生後味の悪い思いをしなければならないだろう。いいことがあろうとは思われない。代償は、ちゃんと払っておくべきなのである。

弟は、毎日、会社へ通っているが、どうにも面白くないらしいようだった。あの翌日、課長に金をわたしたら、

「それみたまえ、ちゃんと、持っていたじゃアないか。」

と、頭から弟が隠していたようないい方をしたそうだ。

「いいえ、この金は、姉が……。」

あとをいわせないで、

「弁解は、よしたまえ。みっともないだけだ。僕には、わかっているんだから。」

弟は、腹立ちのあまり、殴ってやろうかと思ったのだが、私の顔を思い出して、やっと我慢出来た、といっていた。

「偉かったわ。よく、我慢したわ。」

「だけど、これから先が思いやられるんだ。辞めたいんだ。」

「ダメ。」

私は、一言きついっておいた。弟は、不満そうであった……。

「ああ、ここなんだわ。」

私は、バー「芝」の看板を見上げて、歩みをとめた。午後七時に、長谷川がそこへくるようにといったのである。

三

扉を開いて入って行くと、

「いらっしゃい。」

という女たちの声に迎えられたが、客が女一人であるとわかると、とまどったようであった。バーというところには、あまり経験のない私は、すっかり固くなっていた。しかし、長谷川が先に来ている筈なのだし、私は、急いで見まわした。さして広くないが、相当高級な店のようであった。隅の方に、二人組の客がいたが、長谷川ではなかった。私は、途方に暮れて外で待とうと思ったとき、

「あら、あんたは。」

と、呼びとめられた。

呼びとめたのは、カウンターの中にいた女であった。私は、その女を見て、

「あッ。」

と、いってしまった。

長谷川を東京駅へ見送って行ったとき、寝台車の中で見た三十歳前後の美しい女なのである。長谷川が、自分の二号なのだ、とぬけぬけといった女なのである。とすれば、この店は、この女が経営しているのであろうか。すなわち、マダムなのだ。そういう貫禄をそなえているようだった。

思いもかけなかったことなので、私は、すっかり狼狽していた。逃げ出したくなっていた。それにしても、何んという長谷川なのだろうか。悪趣味にも程がある。しかし、長谷川は、結局、私という女をその程度にしか思っていなかったのだ。そうなれば、私だって、居直ってやるだけである。

「あんた、いったい、どうしたのよ。」

マダムは、カウンターの中から出て来て咎めるようにいった。女たちがこっちを見ている。

「長谷川さんが……。」

マダムは、目をキラリとさせて、

「長谷川さんが、あんたにここへ行けとでもいったの？」

「はい。七時に……。自分も行っているからと。」

マダムは、腕時計を見た。一目で、高価な物とわかるような時計であった。恐らく、長谷川に買って貰ったのであろう。私なんか、五千五百円の和製の腕時計をしているのに、そんなことは、理屈にならないとわかりつつ、私の心に妙に引っかかった。

「あと、五分あるわね。」

一人言のようにいってからマダムは、

「まア、待っていなさいよ。」

と、そこのテーブルをアゴでさした。

私が、椅子に腰を下ろすと、マダムは、テーブルをはさんだ前の椅子に同じく腰を下ろしてから、あらためてしげしげと私を見た。私は、うなだれていた。屈辱の思いが込み上げて来そうで困った。しかし、長谷川とのこれからのことを思えば、これくらいのことは、平気にならなければならないのである。

しばらくたって、マダムが、

「あんた、何を飲む？」

「ビールなら、すこし。」

マダムは、ビールを取り寄せた。私は、軽く口をつけたが、長谷川が現われる前に、酔っておいた方がいいような気がして、半分ほどを飲んだ。

「相当、いけるらしいわね。」

「いいえ。」

「あんた、ここがどういう店だか、おしえられて来たの？」

私は、頭を横に振ってから、

「長谷川さんは、あなたのことを自分の二号さんなのだといってらっしゃいましたが、本当ですの？」

と、思い切って、逆襲をこころみた。

しかし、マダムは、平然として、

「そうよ。」

私は、口惜しくなって、

「長谷川さんに、三号さんもあるって、本当ですの？」

「そうよ、憎らしいんだから。尤《もっと》もね、向こうの方が先口だから、あたしとしては、表立って文句がいえないの。だけど、嫌なもんよ。わかるでしょう？」

「はい。」

「でも、こんな店を持たしてくれたんですからね。」

マダムは、そのことを自慢にしているようであった。

「長谷川さんに、奥さんがあるんでしょう？」

「それがないのよ。二年前に、お亡くなりになったのよ。だから、あたしは奥さまのような気でいるんだけどね。」

「だったら、一日も早く、正式にご結婚なさったらいいのに。」

マダムは、私を憎らしいことをつべこべいう女だ、と思ったようだ。

「それより、あんたは、長谷川の、いったい、何なのよ。」

「この前、長谷川さんは、何んとかおっしゃいませんでした？」

「いわないのよ。ただ、ニヤニヤして、いい女だろう、とだけ。あの人って、あれでとっても頑固なところがあって、いわないとなったら、絶対にいわないのよ。だから、あたし、これで、ちょっとぐらい気にしていたんだわ。」

「…………」

「ねッ、おっしゃいよ。」

「だって、困りますわ。」

「別に、困ることなんかないでしょう？　それとも、あんたは長谷川の四号だとでもいうの？」

　マダムは、詰め寄るようにいった。

「違いますわ。」

　私は、きっぱりといった。自分は、長谷川のために、半年間三十万円で買われた女であっても、四号ではないのである。これだけは、はっきりとしておきたかった。そして、このことは、今後の私の長谷川への心のあり方にもなる筈なのである。

「間違いない？」

「間違いありません。」

「だったら、何よ。」

「私からはいえません。そんなにお聞きになりたかったら、長谷川さんから直接おききになって頂戴。」

　マダムは、むっとしたように黙り込んだ。私だって、黙っていた。新しい客が入って来た。長谷川ではなかった。マダムは、その客へ、

「あーら、いらっしゃい。お久し振りね。」

と、愛嬌を振りまいておいてから、また、むっつりとした。

　そのうちに、マダムは、ビールでは物足りなくなったのか、自分のために、カクテル・グラスに入った酒を取り寄せた。私は、すでにビールをグラスに一杯空けていた。しかし、別に酔ったような気もしなかった。私たちは、なおも冷戦状態を続けていた。が、何故こういうようにしていなければならないのか、自分にもわからないのであった。このマダムが何んて思おうが、三十万円のことを話してしまえばいいのだ。その方が、私として、却って気が楽であったかもわからない。にもかかわらず、私は、自分の口からそれをいう気持ちにはなれなかった。何故か、嫌だった。そんな女に思われたくないとの誇り、いや、見栄のためであったろうか。あるいは、私は、長谷川に秘密をまもる殊勝な女と思われたかったのであろうか。しかし、かりにそうだとしたら、私は、間違っている。自分の二号の経営している酒場へ、それと知らさないで行かせるような男に、よく思われようなんて、愚の骨頂にひとしかろう。

　長谷川が姿を現わしたのは、七時四十分を過ぎてであった。

「やア、失敬。待たせたな。」

長谷川は、私にいってから、マダムに、

「ハイボールをくれないか。」

マダムは、つんとして、

「それよりも、この人、あんたの何よ。」

「聞かなかったのか。」

「いわないのよ。」

「そうか。」

長谷川は、軽く声に出して、愉しそうに笑ってから、

「別に、気にするほどのことではないんだ。」

「だって、気になるわよ。」

「いいじゃアないか。」

「いいえ、よくないわ。」

「困ったなア。」

「そんなにお困りになることですの？」

「まアね。」

長谷川は、柳に風と受け流している。そういう長谷川は、私にたのもしかった。長谷川の姿を見たときから、すっかり安心していたのである。しかし、今夜中に、この男と、なのだと思うと、さっと全身が緊張してくるのであった。

「おっしゃらないんなら、お酒を上げませんよ。」

長谷川は、私を見た。それからいきなり腕をのばして、私の手首を掴み、時計を覗き込んで、

「そろそろ、八時だな。では、出ようか。」

「はい。」

いちだんと、私は、緊張を覚えた。

「いけません。」

マダムがいった。しかし、長谷川は、立ち上っていた。そこには、これ以上、マダムに文句をいわさぬ男の強さ、といったようなものに満ちていた。私は、長谷川のあとにしたがった。マダムは、口惜しそうに唇を噛んでいた。

四

外へ出てから、私は、

「嫌だわア、どうして、あんな店へあたしをおやりになったの？」

「別に……。強いていえば、君に、僕という男を知っておいて貰った方がいいと思ったからだ。」

「知りたくありません。」

「そうでもないいさ。何んだったら、もう一人の方も、今夜のうちに見せておこうか。」

「もう、たくさん。」

「いやに遠慮深い女なんだなア。」

「違います。」

「どっちだっていいことだ、僕には。」

そういってから、長谷川は、

「そうそう。この間は、男といっしょに銀座を歩いていたな。」

「恋人だったんです。」

私は、思い切っていってみた。長谷川がどういう反応をしめすか、見てやりたかったのである。しかし、長谷川は、ケロリとして、

「だが今日からは、僕が恋人なんだぞ。」

「あたし、ね。」

「何んだ。」

「長谷川さんが、あたしにああいう恋人があったとわかったら、同情して下さって、このままで、何も彼もかんにんして下さるんではないかと思ったりしていたんです。」

「阿呆。」

「まッ。」

「僕をそんな甘ちゃんだと思っていたのか。」

「はい、世にもお情深い。」

「ところが、世にも欲張りと来ていた。運が悪かったのだ。あきらめておくことだ。おい、

ちょっと、おいで。」

そういって、長谷川は、私をショウ・ウインドウの前へ連れて行った。高級な宝石とか時計とかが並べてあった。

「どうだ、あの左から三番目の時計。」

「いいわねえ。」

「買ってやろうか。」

「冗談ばっかり。」

しかし、私の目は、その時計に吸いつけられていた。三万五千円もする時計なのである。勿論、舶来品で、形といい、色合いといい、申し分がなかった。

「本気なのだ。」

「いりませんわ。」

「だって、さっき見たら、まるで女学生のするような時計をしていたじゃないか。今日から僕の恋人なのだ。僕の方が恥かしくなる。」

私は、思いなおした。それほどにいうのなら買って貰おう。その方が、トクなのだ。

「買って頂戴。」

「よかろう。」

長谷川は、その店の中へ入って行った。私は、外で待っていた。何気なくそこらを見まわしていて、向うからくる和気と洋子の姿に気がついた。私は、急いで、店の中に身をひそめた。二人は、その店の前をゆっくりと歩いて行く。洋子が、しきりに喋っていて、和気が聞き役にまわっていた。気がつくと、私の胸は、早鐘のように打っていた。

「何をしているのだ。」

うしろから長谷川にいわれた。

「いいえ、何んでもありません。」

「これを。」

「すみません。」

私は、三万五千円の腕時計を押しいただいた。

「僕はね、今夜、これから用があるんだ。だから、失敬する。」

いうと、長谷川は、私の返辞も待たないで去って行ってしまった。

第四章　社員食堂

一

「ねえ、昨夜は、和気さんといっしょに銀座へ出たんでしょう？」

私は、洋子の顔を見ながらいった。

「そうよ。」

洋子は、見返していった。その顔には、一種の誇らしさのようなものが漂うていると感じられたのは、私のヤキモチのせいだったろうか。

「うまくいった？」

「まアまアね。」

「どの程度？」

「ふッふッふ。」

「接吻して貰った？」

「うん。」

「まッ。」

私は、顔色を変えてしまった。胸が大きく波打ってくるようであった。何んという和気なのであろうか。結婚して貰いたいといったのは、嘘であったのか。私が、和気にいい、洋子にいい、したことを思えば、自分には、露ほどもそういうことで責める資格がない筈なのである。そんなことは百も承知していて、感情の乱れをどうにも出来ないでいる自分が、浅ましかった。いや、哀れであった。

私たちは、社員食堂にいるのである。その私の腕には、昨夜、長谷川から買って貰った舶来上等の三万五千円の腕時計が金色の光を放っているのであった。家へ帰ってからも、弟に見つからないようにして何度も眺めていた。物質というものが、人間の心をこんなにも豊かにするのかとの思いを、どうにも禁じられなかった。こうなると、この時計にふさわしい洋服が欲しくなってくる。

(まア、あたしって、こんな女だったんだわ)

私は、強く自戒した。しかし、別のところで、和気を失うことはすでに決定的なのだし、そんならいっそ、と不逞なことを考えていたのかもわからない。

洋子は、じいっと私を見て、

「やっぱりなのね。」

と、冷たくいった。

私は、足許を掬われたように狼狽しながら、

「何んのことよ。」

「あなた、和気さんが好きなんでしょう?」

「いいえ、ただのボーイフレンドに過ぎなかったわ。この前、いった筈よ。」

「だったら、どうしてそんなに顔色を変えたりなさるの?」

「…………」

「好きでもない男が、誰と接吻しようが平気でしょう?」

「…………」

「だけど、今となっては、あたし、和気さんをあきらめないことよ。」

洋子は、宣告するようないい方をした。私には、一言もなかった。

この洋子を甘く見ていた自分が恥かしかった。

「別に、あきらめる必要がなくってよ。」

「あたしの方が、とうに和気さんのことをあきらめているんですもの。」

「どういう意味？」

「間違いない？」

「誓うわ。」

「どうして、あきらめたの？」

「絶対に結婚出来ないから。」

「その理由は？」

「いえないし、いいたくないわ。」

私は、突っ放すようにいった。その私の剣幕の荒さに、洋子は、ちょっと怯んだようであった。

「一度は、好きであったことはたしかよ。あたしが、それをいわないで、あなたに和気さんをすすめたのは、あなたの心がわかっていたし、よけいな思いをさせたくなかったからだわ。もう一つ……。」

「もう一つ？」

「あなたになら、和気さんを差し上げてもいいと思ったの。ほかの女の人には嫌だわ。」

「でも、和気さんは、今でも、あなたを愛してらしってよ。」

「どうして、そんなことわかるの？」

「だって、和気さんがおっしゃったもの。」

「昨夜だって、あなたのことばかり話すのよ、あたし癪にさわったから、あたしを目の前にして、そんなことは失礼千万だわ、と憤ってやったわ。和気さん、しゅーんとしてしまったわ。」

「…………」

私には和気のそういう姿が見えてくるようであった。

「ついでに、あたし、いっておいたわよ。」

「何を？」

「矢沢さんには、ちゃんと別に好きな人が出来ているのだ、と。」

「ひどいわ。」

「だけど、それくらいのことをいわないと、あの人、あなたをあきらめないわよ。」

「和気さん、何んとおっしゃって？」

「気になる？」

「そりゃア……。」

私は、また弱くなってしまった。

「和気さん、すっかり考え込んでいたわ。あたし、更にいって上げたの。矢沢さんなんか、綺麗さっぱりとあきらめてしまいなさい。そして、あたしを好きになって、と。」

「よく、そんなことがいえたわね。」

「あなたがおっしゃったじゃアありませんか、和気さんて、あれで割合いに気が弱いから、積極的に出た女が勝つんだ、と。」

「では、それだけの効果があったわけね。」

「まだ。」

「だって、もう接吻して貰ったんでしょう？」

「あれは、嘘。」

洋子はケロリとしていって、

「あなたの心をためしてみたかったのよ。」

私は、空いた口がふさがらぬ思いであった。もう完全に私の負けである。しかし、この際は、負けても仕方がないのだ。文句のいいようのない自業自得なのであった。

「これで、あなたの本心がわかったわ。」

「安心したでしょう？」

「八分ぐらいね。」

「八分だけ？」

「そうよ、あとの二分は、あたしの前で、和気さんに結婚する意志のないことを、はっきりいって貰わないと……。」

私は、あらためて洋子の顔を見直したくなっていた。苦もなく私にだまされたと思っていたのに、私よりも役者が一枚も二枚も上であったのだ。私は、舌を巻きたくなっていた。あるいは、こういう娘の方が、和気にふさわしいのかもわからないのである。今は、そう思うより仕方がなかった。

「あとの二分、あたしに安心させて。」

「………」

「お願い。」

洋子は、急に神妙になった。両掌を合わせているのである。嘘は、感じられなかった。しんけんなのだ。さっきまでの憎らしさとは、別人のようになっていた。これこそ、私の知っている洋子だった。

「ねえ、一世一代のお願い。」

洋子は、重ねていった。周囲の人たちが、けげんそうにこっちを見ている。そんなことはどうでもいいようなものだが、結局、私は、洋子のしんけんさに折れて、

「いいわ。」

と、いってしまった。

「嬉しいわ。今、すぐよ。」

「すぐ?」

「だって、あそこに和気さんが。」

洋子の視線を辿っていくと、社員食堂の隅の方に、和気は、一人で食事をしていた。淋しげに見えたのは、私の気のせいだったろうか。洋子は、さっきからそこに和気のいることに気がついていたに違いない。

洋子は、立ち上った。すでに二人は、食事を終っていたのである。私も、立ち上った、立ち上らぬわけにいかなかったのである。泣きたいくらいだった。が、その思いに堪えながら、洋子のあとにしたがった。

和気は、黙って、私たちを迎えた。が、その目は、洋子によりも、私に注がれているようだった。何かを訴えるような哀しげな目であった。

「矢沢さん、今のことをいって。」

洋子がいった。私は、すでに決心していた。まっすぐに和気を見て、

「和気さん。あたし、今まで黙っていましたけど、別に好きな人がありましたのよ。」

「ほら、あたしが昨夜いった通りでしょう?」

洋子は、叫ぶようにいった。しかし、和気は、何んともいわないで、じいっと私を見ている。私は、その視線から逃げるために、長谷川から買って貰った上等の腕時計を見て、

「あら、一時だわ。帰らなくっちゃア。」

と、はしゃいだようにいって踵を返した。

二

私が、またまた自分から長谷川に電話をしたのは、それから三日後であった。どうにも我慢出来なくなったのである。和気にあんなことをいってしまった以上、和気のことは、絶対にあきらめなければならないのだ。そういう私にとって、長谷川という男が、妙にたよりた

くなるのであった。たよりたくなるというよりも、自分自身がいまだに無傷でいることが、私を落ちつかせないのであった。無傷であるために、却って、和気への未練が残るのである。事実、私は、和気の前であんなことをいって、いっそう和気が忘れられなくなっていた。昨夜も和気のことを思って寝られないでいる私に、

「お姉さん、どうしたの？」

と、弟が心配していったくらいなのである。

「別に……。」

「だって、さっきから寝返りばっかり打って、寝苦しそうだよ。」

「何んでもないの。」

私は、反対側に寝返ってしまった。

（弟さえ、あんな失敗をしてこなかったら……）

しかし、今は、そんなことをいっても仕方がないのであった。

私は、長谷川に、

「三十万円の口の女です。」

と、電話でいった。

「おお、どうしたね。」

長谷川は、鷹揚にいった。もし、今日私から電話をしなかったら、まだまだ、放っておくつもりであったのだろうか。それとも、私は、嫌われているのであろうか。そして、私のよ

うな女に三十万円を出したことを後悔しているのだろうか。

「社長さん、あたし、今夜は、都合がいいんですけど。」

「別に、あわてることはないだろう?」

「あたしは、あわてませんけど、社長さんの方でかまいませんの?」

「かまわないさ。」

「あたし、そんなの嫌ですわ。」

「しかし、僕の勝手だろうね。」

「憎らしくなりますわ、そんないい方。」

「それは、困る。好きになって貰いたいのだ。」

「嫌です。」

「では、どうする?」

「意地悪。」

「承知の上だ。」

私は、このまま電話を切ってしまおうか、と思ったくらいであった。が、切れなかった。

切るかわりに、

「今夜、晩ごはんをご馳走して下さいません?」

と、いってしまったのである。

長谷川は、ちょっと考えていてから、

「どうだ、僕のもう一人の女を見たいと思わないか。」

と、ひどいことをいい出した。

そうなったら、私だって、意地だった。それに、この前は、バー「芝」のマダムを見ているし、両方を見てやれという気になった。

「あたし、喜んで。」

「よしよし。いい度胸だよ。」

その夜、私は、長谷川の指定した渋谷の料亭「加代」へ訪ねて行った。恐らく、「芝」でのように嫌な思いをさせられるだろう。かまうものか、と思っていた。長谷川は、私をおもちゃのように扱おうとしているに違いない。悪い趣味なのだ。こういう扱いを受けるくらいなら、私は、あの夜のうちに、すべてを和気にあたえておいた方がよかったのだ。それがわかって、長谷川に憤られたところで後の祭になってしまった筈なのである。しかし、今となっては、和気に接近することが許されないのである。

和気は、その後、私にはなんにもいってこない。誘いにもこない。しかし、遠くからじっと私を見ている気配がしていた。私は、気がついていて、いつも知らん顔をしていた。そして、その和気と洋子が、今日は、いっしょに帰って行った……。

料亭「加代」は、構えも立派な家であった。私は、そこの玄関に立って、

「長谷川さんがお見えになっているでしょうか。」

と、女中さんにいった。

「いらっしています。どうぞ。」

私は、ほっとした。長谷川が先に来ていたら、バー「芝」でのように睨みつけられるような思いだけはしないですむだろう。しかし、とにかく長谷川の女の家なのだから油断がならないのである。

女中が襖の外から、

「いらっしゃいました。」

中から、長谷川の声で、

「どうぞ。」

女中が襖を開いた。長谷川は、正面にいて、ニヤニヤ顔で私を見ていた。その横に、三十五、六歳の女がいた。如何にも、こういう世界の人らしく、すらっとしていて、垢抜けた感じであった。その人は、一瞬、私を強く見たようであったが、すぐ表情を柔らげて、どう挨拶していいかわからず、入口でまごまごしている私に、

「こちらへいらっしゃい。」

と、優しくいってくれた。

私は、長谷川の前に行って、黙って頭を下げた。長谷川は、ビールを飲んでいた。

「よく来たな。」

長谷川は、そう私にいってから、

「どうだ、可愛い娘だろう？」

と、横の人にいった。

長谷川が本当にそう思ってくれているのなら、私は、嬉しいのである。

「ほんと。」

「こちらは、ここのおかみさんなのだ。勿論、僕とは、他人ではない。」

却って、私の方があかくなった。ひょっとしたら、今夜のうちに私もその仲間に入るかもわからないのである。このまま、席を立って、逃げたくなった。それにしても、長谷川は、私のことをこのおかみさんに何んと説明しているのだろうか。おかみさんの目には、あの銀座のマダムのような敵意は感じられないようであった。

「飲むだろう?」

「いただきます。」

長谷川は、自分のグラスを空けて、私の前に置いた。

私は、おかみさんのお酌を受けて、その半分ほどを飲んだ。

「相当、いける口らしいわね。」

おかみさんがいった。

「さっきもいった通り、僕の先輩の忘れ形見なんだ。何んとかいいお婿さんを世話してやろうと思っているんだが、君に心当りがないかね。」

「さア……。」

「もし、ここへくる客で、いい人があったら知らせてくれないか。」

「いいわ。」

料理が運ばれて来た。私は、それを食べながら、長谷川が、本当に私のためにいいお婿さんを世話してくれる気なんだろうか、と思っていた。

「その後、銀座のお方、ご機嫌いかが？」

おかみさんがいった。勿論、皮肉な口調であった。

「まアまアだね。」

「いっておきますが、私は、あの女、大嫌いなんですからね。」

「銀座の女もそういっていたよ。」

「だいたい、あの女、あと口のくせに生意気よ。この間だって、お客を連れて来てくれたのはいいが、その実、こちらの偵察に来たんですからね。」

「しかし、それは、お互さまのことだろう？」

「そりゃア。」

「だったら我慢することだ。」

長谷川は、ピシャッといった。それだけで、おかみさんは、口が利けないようであった。

二人の女に対する長谷川の権勢のほどを、私は、見せつけられたわけであった。そして、長谷川をめぐる二人の女の軋轢《あつれき》のようなものも。勿論、私の立場は、二人の女とはまるで違うのだが、うっかりすると、そういう軋轢の中に引き込まれるかもわからないのである。

（おお、嫌だわ……）

三

一時間ほどたって、私は、ひとりで外へ出た。またまた、長谷川から背負い投げを食ってしまったのである。私は、渋谷の盛り場を歩きながら、

（バカにしてるわ）

と、腹を立てていた。

こんな腹の立て方はない筈なのだが、しかし、実感であった。

おかみさんが席を立ったあとで、

「さっき、あの人におっしゃったこと、ほんとうですの？」

と、長谷川にいってみた。

「何んのことだ。」

「あたしにいいお婿さんを世話して下さるとか。」

「そんな勿体ないことが出来るもんか。」

長谷川は、一言のもとに否定した。

「だったら、どうしてあんな人を安心させるようなことをおっしゃいましたのよ。」

「君に、あの女を見せるための口実なんだ。」

「あたし、別にお見せして頂かなくてもよかったんだわ。」

「僕の方が見せたかったのだ。」

「あたしには、あなたの料簡がわかりませんわ。」

「やがて、わかるだろう。」

「こんな家、早く、出てしまいましょうよ。」

「いや。今夜僕は、この家で泊まることにしているんだ。」

「あたし、こんな家では嫌です。」

「勿論。君は、このまま帰ってよろしい。」

私は、思わず長谷川を睨みつけた。しかし、長谷川は、ケロリとして、

「睨んだって、恐くないぞ。」

「いったい、あたしをどうなさるお気持ちですの？」

「そんなことは、僕の自由だろう？　煮て食べようと、焼いて食べようと。」

「だって、あなたは、いまだに煮るも焼きも……。」

流石に私は、そのあとの言葉を飲み込んでしまった。長谷川は、悠悠として、ビールを飲んでいる。

「あたしにも頂戴。」

「よかろう。」

長谷川は、私にビールをくれた。私は、それを二息か三息で飲みほした。酔ってしまって、長谷川を思い切り困らせてやろうかと思ったのである。

「もう一杯頂戴。」

「よせ。」

「だってえ。」

「よせっ。」

「はい。」

私は、うなだれた。そして、うなだれたままでいった。

「こうなったら、あたしの勝手にします。」

「どういうことだ。」

「こんな身体、誰かにくれてやります。」

「君は、そんなこと出来ると思っているのか。」

「出来ますわ、しようと思えば。」

「いや、気の毒だが出来ないね。君は、そういう娘なのだ。」

「いいえ。」

私は、むきになっていった。そのとき、和気を思い出していたのである。今の私には、和気以外にそういうことの可能な男性はいないのである。しかし、洋子との約束を思うと、結局は、長谷川のいう通りになる。

「僕には、君がどういう娘かわかっていた。あるいは、君自身以上に。だからこそ、三十万円を出したんだよ。」

「あたし、よそから三十万円を借りて来て、あなたに叩き返したいくらいですわ。」

「よしておくことだ。君にとって、僕ほどいい男はいない。」

「いいえ。」

「信じることだ。」

「信じられません。」

私は、あくまで長谷川にさからってやりたかった。しかし、いくらさからっても、びくともしない長谷川であると知っているのだった。いい換えると、私は、安心してさからっていたことになる。それに気がついたとき、

「悲しいわ、あたし。」

と、つぶやくようにいってしまった。

何が悲しかったのだろうか。思えば、こういうように三十万円のために自分をしばられているのだし、こんな悲しいことはないのである。しかし、そのとき感じた悲しさとは、それと別のもののようであった。私は、長谷川にさからうことをよそうと思った。

「帰ります。」

「いいとも。」

「もう二度とお電話をしません。」

「僕の方から電話をする。」

「いつ頃？」

私は、すがりつくようにいった。

「それは、こっちのきめることだ。これを持ってお帰り。」

長谷川は、自分の横においていた紙包を出した。

「何んですの？」

「さっき、銀座で買った洋服生地だ。仕立券もついている。」

「…………」

「君に似合うと思って、買って来たのだ。」

「…………」

「嫌なのか。」

「だって、この前、あんな高い時計を買って頂いたのに。」

「君は、僕の恋人なのだ。みっともない格好は、して貰いたくない。」

「ほんとうに恋人と思っていて下さいますの？」

「思う。三十万円で買った恋人なのだ。」

「そんないい方、あたし、嫌ですわ。」

「ただし、事実なのだ。さア、早く、帰ってくれ。今夜は、これ以上ここにいられると、邪魔になるんだ。」

最後になって、長谷川は、邪慳に私を追い出すようにいったのである。

私は、どんな洋服生地か、早く見たかった。同時に、こんな洋服なんか着てやるもんかと思っていた。何か、そこらをわめきながら歩いてみたいような心境であった。そのうちに、京橋のバー「K」のママさんを思い出した。あれ以来、一度も顔を出していないのである。あんなに世話になりながら、きっと、恩知らずと思われているだろう。私は、行ってみようと思った。何も彼も打ち明けてみようと思った。

「K」のママさんは、私の顔を見ると、嫌な顔をするどころか、

「よく来てくれたわねえ。」

と、笑顔でいった。

「ご無沙汰しました。それに、あのときは、有りがとうございました。」

「あら、そんなことといいのよ。だけど、長谷川さんて、いい人だったでしょう?」

ママさんは、意味ありげにいって、

「ときどき、可愛がって貰っている?」

私は、頭を横に振った。ママさんは、信じられぬように、

「だって、あれからもう二週間以上になるじゃありませんか。」

「あたしには、長谷川さんという人、よくわかりません。ママさん、聞いて下さる?」

「おっしゃいよ。」

私は、今日までのことを隠さずに話して、

「長谷川さんにとって、あたしって、ちっとも魅力のない女なんですわ、きっと。」

と、口惜しそうにいってしまった。

ママさんは、しばらく考えていてから、

「いいえ、その反対かも。」

「反対？」

「だから、あんたを通りいっぺんの女に扱わないで、じいっと忍耐強く実の熟するのを待っているのよ。いってみれば、中年男のずるさ、横着さ。あんたは、見事にそれに乗せられかけているんだわ。そして、それを長谷川さんは、愉しんでいるのよ。ですから、今後、あんたから絶対に電話なんかかけちゃアダメよ。でないとますます、増長させるばかりだから。そうすれば、きっと長谷川さんの方から電話をかけてくるわ。その方が、あんたのトクよ。同じ結果になるにしても、いろいろの物を買って貰えるわよ。」

私は、これ以上、いろいろの物を買って貰いたくなかったが、自分の方からは絶対に電話をしないと約束した。

四

しかし、それから十日ほどたって、私は、「K」のママさんとの約束を破って、自分から長谷川に電話をしてしまったのである。勿論、その間、長谷川からは一度も電話がかかってこなかった。そして、その後、和気と洋子の中は、徐徐に進展しつつあるようだった。洋子のことだから、もう接吻ぐらいはして貰っているだろう。

その日、浅草蔵前の玩具会館で、課長の娘の結婚式がおこなわれたのである。どんな娘か見てやろうとは、かねて思っていた。勿論、私がこういうことになったについては、その娘に何んの関係もないのである。恐らく知りもしないだろう。三十万円をなくした弟が悪いのだ。そうとわかりつつ、私は、いい感じを抱いていなかった。横から祝福してやるのでなく、睨みつけてやりたかったのである。

土曜日だから会社は、昼までである。結婚式は、午後三時からであるらしいと、弟がいっていた。本来なら弟も手伝いに行くところだろうが、あれ以来、すっかり嫌われているので、そういう用命もなかったそうだ。

私は、午後三時過ぎに玩具会館の前へ行ってみた。玄関横に、増田横山両家結婚披露宴場と書いた立札が出してあった。横山というのが課長の姓で、娘の名は、千枝子というのだそうだ。

私は、玩具会館の前をうろうろしていた。そんな自分がみじめなような気もして、このまま帰ってしまおう、と思わぬでなかったが、しかし、帰れなかった。

四時頃になって、玩具会館の前に、ハイヤーが横づけになった。更に、十五分ほどすると、奥からたくさんの人人が出て来た。モーニングや紋付を着た人、それに、振袖姿の娘の姿もまじっていた。誰も浮き浮きしているようで、私の方を見る人なんか一人もいなかった。

やがて、拍手が起った。奥から花婿と花嫁が出て来たのだ。私は、呼吸を詰めるようにして、花嫁を見た。花嫁は、ちっとも美しくなかった。かむっている帽子も似合っていなかった。私は、安心した。しかし、人人に挨拶しながらハイヤーに乗り込む横顔は、幸福に酔うているようだった。私は、それを見たとき、激しい憎しみを感じた。人人をかきわけて、そ

の窓際にすすみ、
（あたしは、あなたのために、一生を棒に振ってしまったような娘なんですよ！）
と、叫んでみたい衝動を覚えた。

ハイヤーは、動いて行った。しばらくそれを見送っていた人人も、散って行き、玩具会館の前は、元の閑静に戻った。取り残されたように私は、ひとりぼっちになった。急に、長谷川に会いたくなった。そう思うと、どうにもこらえきれなくなり、すぐ近くの赤電話に駈け寄った。私は、ダイヤルをまわしながら、今日はじめて、長谷川につくって貰った洋服を着て来たのであったと気がついた。

「社長さん、あたしです。三十万円の。」

そこまでせき込むようにいったとき、長谷川は、

「もう三十万円なんていうな。ちゃんと、矢沢章子ですといいたまえ。」

「はい。今夜、会って頂戴。お願いします。」

「何を、そんなにむきになっているのだ。」

「お会いしてから話します。」

長谷川は、会うことを約束してくれた。

第五章　エビフライ

一

その夜、私は、新橋のNホテルのロビイで、長谷川の現われるのを待っていた。午後七時の約束であった。私は、もっと早く会いたかったのだが、長谷川は、それまで別に用があるのだといっていた。

Nホテルは、私もその名を聞いているような一流に近いのである。そこのロビイだから豪華であり、外人客もすくなくなかった。いわゆる紳士淑女の出入りが目立ち、私のような貧しいBGの姿は、見当らないようだ。私は、ちょっと肩身がせまかった。これで、長谷川につくって貰った洋服を着ていなかったら、もっと肩身がせまく、いたたまらなかったかもわからない。私は、なるべく周囲を見ないようにして、全身を固くしていた。

はじめ、長谷川は、

「そんなら、銀座の『芝』で待っていてくれないか。」

と、いったのである。

「あそこは、嫌です。」

私は、即座にいった。

「何故だね。」

「あそこのママさん、あたし、大嫌いだからです。」

「では、渋谷の『加代』ならいいだろう?」

「嫌です。」

「何故?」

「何故でも!」

「そんなら、京橋の『K』ならいいだろう?」

「もっと、ほかのところにして。お願い。」

長谷川は、しばらく黙っていてから、

「新橋のNホテル、知っているか。」

私は、ホテルと聞いて、胸をどきんとさせたけれども、そういう場所の方が、却っていいのだと思い直して、

「はい。」

「では、七時に、あそこのロビイで待っていてくれ。」

「はい。」

「用事ですこし遅くなるかも知れんが、きっと行くから。」

「あたし、お待ちしております。」

その午後七時をすでに十分ぐらい過ぎていた。私は、今夜こそ、と思っているのだった。それは、自分から希望したことであり、長谷川にすれば、思う壺であったかもわからない。

しかし、私の気持ちは、そんなことをいっていられないほど、差し迫っていた。こんな私を、Kのママさんなら、

「バカねえ、あれほど、こちらから電話をしてはいけないといっておいたのに。」

と、いうだろう。

しかし、私には、どうにもならなかったのである。私は、後悔するのはよそう、と思っていた。また、三十万円のことを思えば、後悔などといえた義理ではない筈なのだ。

今日、結婚式を上げたあの二人は、今頃、どこかの温泉場に着いているだろう。旅館のベランダの椅子に向かい合っている二人の睦まじい姿が、見えてくるようであった。しかし、私は羨ましいとは思わなかった。

(あたしだって、今夜は、結婚式を上げるんですもの)

人は、私のようなのを結婚式でも何んでもない、というだろう。そういわれても、かまわない。私は、私だけで、自分の結婚式なのだと思うことにきめていた。私のような娘にふさわしい結婚式なのである。そういう私の思いの中に、ともすれば、和気年久の顔が浮かび上って来そうであった。これが、長谷川でなく、和気を待っているのだったら、どんなに嬉しいだろうか。しかし、私は、和気に対して、別に好きな人がありましたのよ、と洋子の前で宣言してしまっているのだ。以来、和気は、洋子と急速に仲良くなりつつあるようだった。

私は、そういう和気を憎みたくなっていた。その程度の私への愛情であったのか、といってやりたいくらいであった。真の愛情とは、ライバルを押しのけて進んでくるべき筈のもので

はないのか。私は、和気を見そこなっていたようだ。にもかかわらず、私の胸の奥底には、和気へのみれんでいっぱいだった。

（でも、今夜限りで、和気さんへのみれんを断ち切れるだろう）

そのためにも、私は、長谷川に約束を実行して貰いたいのであった。でなかったら、苦しくて仕方がない。悲しいばかりだ。重荷を背負わされているような日日なのである。毎日、こんな気分でいたら、それこそ、病気になってしまう。こんな身体、別に惜しいと思わなければいいのだ。もっとドライに割り切ればいいのである。私は、そのつもりなのだ。いけないのは、長谷川なのだ。本当に、長谷川って、いけない男だ。人にこんな思いをさせて、憎らしくなってくる。

七時半になった。四十分以上も待たされたことになる。私のように、こんなに長い時間、ロビイにいる人間は、一人もいないようだ。肩身がせまいのは勿論だが、それ以上に、私は、しだいに逃げ出したくなっていた。やっぱり、恐いのである。それもあるが、一度ぐらいあたしの方で、長谷川に地団駄を踏ましてやりたかった。そうしたら、長谷川は、私という女を見直すかもわからない。もっと大事にしなければ、と思うようになってくれるのではあるまいか。いい気味なのである。私にだって、それくらいのことが出来るのだ。

それに、私は、もうお腹がペコペコになっていた。目がまわって来そうだ。何も彼も、自分がみじめに思われてくる。このみじめさから解放されるには、今夜、長谷川を裏切るしか方法がないのだ。そうとわかりつつ、私は、動けなかった。まるで、貞女のようにロビイの椅子にひっそり腰を掛けて、全身を相変らず固くしたままでいた。

　私は、自分の頬に人の視線のようなものを感じて、顔を上げた。長谷川だった。長谷川は、ロビイの奥にある食堂から出て来たのである。しかし、長谷川は、一人でいるのではなかった。三十歳前後の、ハッと呼吸を詰めたくなるような美しい女の人といっしょであった。その人は、美しいだけでなく、上品で、洋服も高価な物であることは一目でわかった。それが私だけの感じでない証拠に、そこらの人人が、その人をそれとなく見るようにしている。長谷川は、その人と談笑しながら歩いてくるのである。いささかのひけ目も感じていないようで、私は、そんな長谷川を立派だと思った。こんな立派な長谷川を見るのは、はじめてであった。一流の紳士としての貫禄を十二分にそなえている。思えば、長谷川は、長谷川電器の社長さんなのだ。

　私は、長谷川を見て、つい腰を浮かしかけたのだが、すぐ元に戻してしまった。長谷川は、私の方に、ちらっと微笑みかけたようだが、そのまま、その美しい人といっしょに出口の方へ歩いて行く。私は、心細くなった。このまま、放っておかれるのではなかろうか。それでは、何故今までこんなところに肩身をせまくして待っていたのかわからないことになる。二人の姿が出口へ消えて行ってしまった。私は、その後を追うように、思わず立ち上った。

　しかし、いったん消えた長谷川の姿が、ふたたび現われて来た。長谷川は、大またで私の方へ近寄ってくる。私は、立ったままで、長谷川を迎えた。長谷川は、微笑していた。私は、そんな長谷川をすがりつくように見つめていた。

二

長谷川は、一メートル近くまでくると、ピタッと歩みをとめて、私の頭から靴先までを見るようにした。その意味がわからず、私は、とまどった。

「その洋服、似合うよ。」

長谷川がそういった。そういう意味であったのかと、私は、安心した。

「今日、はじめて着たんです。」

「しかし、靴が悪いな。」

私は、あかくなった。しかし、そういう自分に反撥するように、

「だったら、新しい靴、買って頂戴。」

「いいとも。」

「嘘です。冗談なのです。」

「買ってやろう。」

「あたし、それよりもお腹が……。」

「そうだったのか。可哀そうに。」

長谷川は、さっき自分が出て来たホテルの食堂の方を見て、

「あそこへ入ろうか。」

「あんなとこ、あたし、嫌です。二人っきりのところでないと嫌です。」

「二人っきりの？」

「はい。」

「いいのかい？」

「はい。お願い。」

長谷川は、ちょっと考えて、

「よかろう。ついておいで。」

私は、長谷川の後からホテルを出た。出ると、長谷川に寄り添うた。長谷川から酒気が漂うているようであった。長谷川は、黙っている。私も黙っていた。しかし、これからどこへ連れていかれるのであろうかと、そのことで私の胸がいっぱいだった。目前にひろがっているネオンの海も、人の波も、私の目に入らなかった。そのくせ、私の別の心は、明日からは、このネオンの海と人の波を見る私の目は、違ってくるに違いなかろうと思っているのだった。

長谷川は、立ちどまると、

「代々木のホテルへ行くか。」

と、私の顔を見ながらいった。

私は、長谷川の目を避けながら頷いた。ふっと悲しい翳のようなものが私の胸を掠《かす》め走った。

「今夜でなくってもいいんだよ。」

「いいえ、今夜の方が。」

「何か、あったのか。」

「はい。」

「何が？」

「あとでいいます。」

「無理をしなくてもいいんだ。」

まるで、いたわられているようだった。私は、ついほろっとしかけたのだが、すぐに、これだって、長谷川の計算かもわからないと思い直した。中年男のずるい、横着な計算なのだ。もし、その計算に乗ったら、私は、またまた明日から苦しい思いをしなければならないだろう。中途半端なやり切れぬ思い。もうあんな思いは嫌だった。義務は、義務なのである。今夜のうちに、その義務を果して、さっぱりしてしまいたかった。

「いいえ、無理にではありません。」

「いい度胸になったな。」

「違います。」

「わかっている。」

「いったい、何がおわかりになっていますの？」

「さて、何んだろう。」

長谷川は、とぼけたようにいった。

「いっていただきたいわ。」

「君にわかっている筈だ。」

「わかりませんわ。」

「からむのは、よして貰いたい。」

「まア、からむなんて。」

長谷川は、空タクシーを停めて、先に私を乗せた。

「代々木へ。」

長谷川は、運転手にいった。

私は、クッションに深く腰を沈めながら、しだいに不安な思いの強くなってくるのを感じていた。が、一方で、なるようになるのだ、と思おうと努めていた。それを忘れるために、長谷川にいった。

「さっき、ホテルでいっしょにいらっしゃったお方。」

「ああ。」

「とってもお綺麗でしたわ。」

「そう思ったか。」

「女のあたしでさえ、見惚れるくらいでしたもの。」

「しかし、綺麗過ぎる。君ぐらいが、ちょうどいいんだ。」

「ほんとうにそう思って下さる？」

「だからこそ、三十万円も出したのだ。」

私は、口の中で、あッといった。急に、足許を掬われたような気がした。私は、唇許《くちもと》をゆがめたくなった。

「あの女。」

しばらくたって、長谷川の方からいった。

「信濃みち子というのだが、未亡人なのだ。」

「お気の毒なのね。」

「本人は、別にそのように思っていないから同情してやることはない。」

「………」

「僕の大先輩の娘でね。一週間に一度ぐらいずつ、ああやって、晩ごはんをつき合っているんだ。」

「お好きなのね。」

「そうでもない。が、結婚してくれといわれているんだ。」

「………」

「どう思う?」

「何がですの?」

「僕とあの女の結婚さ。」

「そんなこと、あたしに無関係じゃアありませんか。」

私は、憤ったようにいった。

「そうか……。」

「あたしによりも、銀座と渋谷の人にご相談なさったら？」

「まア、反対するだろうな。」

「では、あたし、賛成します。」

「ほう。」

「だけど、その前に、あの二人と手をお切りになるべきですわ。」

「何故？」

「信濃さんに悪いじゃアありませんか。」

「わからんようにしておけばいいだろう？」

「あきれたお方。」

「君とは？」

「何んのことですの？」

「君との契約は、まだ五ヵ月間残っている。かりに来月、あの女と結婚するとしたら、残りの四ヵ月間は、いったいどうなるんだ。」

「そんなに急な問題ですの？」

「たとえばの話さ。」

「当然、契約解除ということになるでしょう？」

「僕は、嫌だね。第一、勿体ないじゃアないか。一ヵ月五万円として、みすみす二十万円を損するようなものだ。そんなバカな真似が出来ると思うのかね。」

「しようとお思いになれば出来るでしょう？」

「ところが、思わないね、絶対に。いっておくが、僕は、そういう男だからね。」

「だったら、信濃さんとのご結婚を、あたしとの契約がすんでからなさることですわ。」

「僕は、そういうことで、君からの指図は受けない。」

「それなら、はじめから、さっきのようなことをおっしゃらなければいいじゃアありませんか。」

「そう。しかし、何をいおうが、僕の勝手だろう？」

「どうせ、あたしなんか、三十万円の女ですから。」

「近頃、三十万円なら悪くない値段なのだ。」

「あたしに、その値打ちがないとおっしゃりたいんでしょう？」

「それは、これからわかることだ。」

長谷川は、平然としていった。私は、あかくなった。だけでなしに不安になった。同時に、憤りたくなっていた。どうして、こんな男に自分から電話なんかしたのであろうか。「K」のママさんがいったように、いつまでも知らん顔をしていればよかったのである。にもかかわらず、タクシーが代々木のホテルの前へ停って、長谷川から、

「本当に降りるんだな。」

と、念を押されたとき、私は、頷いてしまったのであった。

私自身にも、自分の心が、よくわかっていないような気がしていた。

三

「こちらでございます。」

女中さんがいって、その部屋の扉を開いた。長谷川は、先に入って、

「ああ、結構。」

と、いっている。

私は、女中さんに顔を見られるのが羞《はず》かしく、長谷川のうしろからうつ向いて、部屋の中に入った。まだ、部屋の中を見まわす勇気がなかった。が、目の片隅に、隣室に蒲団が敷いてあり、しかも枕が二つ並べてあるのが入り、全身の血がカッと燃え上るようであった。

「何か、食事が出来るだろう？」

「はい。」

長谷川は、私に、

「何が食べたい？」

「もう食べたくありません。」

私は、低い声でいった。本当だった。私は、この部屋へ入った瞬間から食欲を失っていた。

「身体に毒だよ、何か、食べなければ。」

長谷川は、そういってから女中さんに、

「エビフライが出来る？」

「出来ます。」

「では、それとごはんを一人前。その他に、ビールを二本、持って来て貰いたい。」

「かしこまりました。」

女中は、部屋から出て行った。

「いつまでも立っていないでお坐り。」

「はい。」

私は、テーブルの前に坐った。長谷川は、テーブルの向こう側にアグラをかいて、

「とうとう、二人っきりで食事をする場所へ来てしまったな。」

と、ちょっと、感慨深げにいった。

私は、黙っていた。

「今のうちに、お風呂へ入ったらどうだね。」

私は、頭を横に振った。

「では、僕が入る。湯を出して来てくれないか。」

「お風呂場。どこですの？」

「そこの奥にある筈だ。」

「よくご存じですのね。」

「こういうところの常連のようなものだからな。」

「嘘でしょう？」

「嘘と思いたいか。」

それにも答えないで、私は、立ち上った。長谷川がいった通り、奥に風呂場があった。私は、靴下を脱いで、中へ入って行き、二つの蛇口をひねった。一方からは水が、一方からは熱湯がほとばしり出た。私は、じいっとそれを見つめていた。風呂場の中は、たちまち湯気がいっぱいになってくる。私は、その湯気の中で、泣きたくなっていた。いつまでも、そうやってじいっとしていたかった。

ガラッとうしろの戸が開かれて、

「もういいだろう?」

と、長谷川がいった。

振り返ると、裸の長谷川が立っていた。幸いだったのは、湯気のために、その裸姿がよく見えなかったことだ。私は、長谷川の横をすりぬけて、逃げるように元の部屋に戻った。まだ、私の胸がドキドキしているようであった。

私は、あらためて部屋の中を見まわした。こちらの部屋が八畳で、向こうの蒲団の敷いてある方が六畳間であった。枕許には、電気スタンド、水瓶、灰皿などがおいてある。こちらの部屋には、テレビがあり、床の間もついていた。浮世絵風の軸がかかっていた。恐らく、この部屋の模様を、私は、当分の間忘れないのではあるまいか。五年後、十年後も。その頃には、私だって、結婚しているだろう。結婚してからこういう部屋を思い出すなんて、きっと胸の切なくなることに違いない。

風呂場の方から長谷川の湯を使う音が聞えている。

(今のうちに逃げ出そうか知ら?)

しかし、私は、そこに長谷川の洋服や下着が放り出してあるのを見ると、洋服は、ハンガーにかけ、下着類は、きちんとたたんで、洋服ダンスの中にしまった。蒲団の上に、浴衣がおいてある。今のうちに着換えておくべきなのかも知れないが、その気にはなれなかった。

午後八時半になっていた。

あの新婚夫婦は、今頃、どうしているだろうか。そして、和気は、洋子は……。弟は、もうアパートへ帰っているだろう。私は、今夜、どういう顔で、弟を見たらいいのであろうか。

女中さんが、ビールとエビフライを持って来た。

「すみません。」

私は、やっぱり、女中さんの顔が見られなかった。

風呂から上って、浴衣一枚になった長谷川は、いまだにエビフライに手をつけないでいる私に、

「何んだ、食べていればよかったのに。」

「だって。」

私には、浴衣姿の長谷川が、別人のように思われた。しかし、不愉快な印象ではなかった。

長谷川は、テーブルの前にアグラをかくと、湯上りの爽やかな匂いを漂わせながら、グラスを持った。私は、お酌をしてやった。

「君も飲んだら？」

私は、ためらったが、

「飲むわ。」

と、グラスを差し出した。

長谷川がお酌をしてくれた。

「では、お互の今夜のために。」

長谷川は、グラスを目の高さに上げた。私は、黙ってそれにならいながら、

（今夜のために……）

と、心の中でつぶやいていた。

いったい、何が今夜のために、なのであろうか。私は、そう反問したいのであった。長谷川にとっては、今夜は、祝福すべきであるかもわからない。しかし、私にとっては、その反対の筈なのである。生涯に悔いを残す日なのである。私は、目を閉じて、グラスいっぱいのビールを、ゴクンゴクンと飲んでしまった。長谷川は、あきれたようにそんな私を見ていた。

「まるで、ヤケ酒を飲むようだな。」

「かも知れませんわ。」

「はっきりいっておくが、そんな思いまでして、今夜は、つき合って貰いたくないのだよ。」

「………」

「このまま、帰ったっていいのだ。」

「嫌です。」

「いったい、何があったのだ。」

「そんなこと、どうでもいいでしょう?」

「いや、よくない。」

長谷川は、酷しい口調でいった。が、じいっと唇を嚙みしめている私を見ると、こんどは口調を優しくして、

「話してごらん。」

と、愛情のこもったようないい方をした。

空き腹に飲んだビールは、私の腹の中で熱く燃えるようであった。私は、もっと酔いたかった。何も彼も忘れてしまうほど、酔うてしまいたかった。

「話してごらん。」

長谷川は、重ねていって、

「僕だって、それを知っていたいのだ。」

と、つけ加えた。

四

私は、エビフライを食べながら、浅草蔵前の玩具会館の前で見た花嫁花婿のことを話しは

じめた。長谷川は、ビールを飲みながら聞いていてくれる。

「道理で。」

と、長谷川は、話を聞き終ってから、

「お昼の電話のかけ方は、普通でないと思っていたよ。」

「あたし、口惜しかったんです。」

「わかる。」

「そのあと、急にお会いしたくなったんです。」

「こういうことになると覚悟の上で？」

「もっと、おビール頂戴。」

「よかろう。」

私は、エビフライを食べ終っていた。長谷川は、私の空のグラスにお酌をしてくれて、

「あんまり酔うなよ。」

「いいえ、酔いたいのです。」

「悲しいのか。」

「悲しくないと思ってらっしゃるの？」

「まるで、僕が悪党のようだな。三十万円を出しながら悪党と思われたんでは、間尺に合わない。」

「いつまでも、あたしを放ってお置きになるからですわ。そのため、あたし、却ってよけい

な苦しみを味わったんです。」

「勿体なかったんだ。」

「勿体ない？」

「正直にいって、今だって、勿体ないと思っている。」

「わかりませんわ、あたしに。」

「いつか、いっしょに歩いていた恋人は、どうしている？」

「人にくれてやりました。」

「随分思い切りがいいんだな。」

「だって、結婚出来ないんですもの。」

「別に、そうとは限っていないだろう？」

「ひどいことをおっしゃるのね。」

「とにかく、その恋人のことはあきらめたんだな。」

「早く、あきらめてしまいたいからなのです。」

「そのために、今夜か。」

「あたしには、その方がいいんです。」

「僕としては、迷惑な話になる。」

「まア、どうしてですの？　どうせ、三十万円でお買いになったんじゃアありませんか。」

「もし、あの三十万円をこのままで帳消しにしてやるといったら、その恋人のところへ還っていくつもりか。」

「そんなこと、考えられないでしょう?」

「考えてみたまえ。」

私は、そんなことはあり得ないと思いつつ、和気年久の顔を思い浮かべようとした。しかし、どうしたわけか、思うように浮かんでこないのである。私は、あせった。寧ろ、浮かんでくるのは、洋子の顔であった。私は、その洋子の顔を振り払おうと、頭を横に振った。

「どうしたのだ。」

「恋人が遠くへ行ってしまったみたいなのです。」

「それでいいのだ。」

「いいえ、よくありません。」

「もう、覚悟をすることだ。」

「覚悟なら、とうについています。」

「僕が好きになったか。」

「嫌いです。」

「そんな筈がない。」

「いいえ、大嫌いです。」

「こっちへおいで。洋服を脱がしてやろう。」

「洋服ぐらい、自分で脱げます。」

「しかし、酔っている。」

「酔っているもんですか。」

私は、立ち上った。しかし、急に立ったせいか、よろめいてしまった。

「危い。」

長谷川は、両腕をのばして、私の身体をささえて、そのまま、その膝の上にのせてしまった。私は、抵抗した。しかし、それは心からの抵抗ではなかった。間もなく、あきらめたように、おとなしくなった。両目を閉じて、じいっとしていた。

「可哀そうに。」

「ちっとも、可哀そうじゃないわ。」

「そのためには、僕を好きになることだ。」

「嫌いよ、長谷川さんなんか。」

「正直にいった方がいい。嫌いなのなら、自分から電話をかけてくる筈がない。」

「あたし、長谷川さんて、そんなにうぬ惚れが強いお方とは思わなかったわ。」

「いったな、こいつめ。」

「いくらでもいうわ。」

「では、帰りたまえ。」

私は、目を開いて、下から長谷川を見上げた。長谷川の目が笑っているようだった。

「そんなに強情を張るんなら、このまま、帰ってしまえ。」

「帰ります。」

「そうだよ。」

「本当に帰っていいの？」

「そうだよ。」

私は、ふたたび目を閉じた。私は、すでに帰ろうという気持ちを失っていた。それどころか、もっともっと、長谷川に強く抱きしめて貰いたくなっていた。つい、いってしまった。

「憎らしいわ。」

長谷川の唇が、いたわるように私のそれにおおいかぶさって来たのは、その直後であった。

第六章　素敵な男

一

「……終ったんだよ。」

長谷川がいった。

「……終ったのね。」

私は、長谷川にくるりと背を向けた。とたんに、私の目尻から涙の玉が溢れ出て、尾を曳きながら流れた。どういう涙か、私にもよくわからなかった。三十分前とは別な女になってしまったという嘆きのための涙であったろうか。それとも、これでとうとう和気年久とは結婚出来ないことになったという思いのせいであったろうか。

しかし、私は、長谷川をすこしも憎んでいなかった。もしかしたら、憎んだり、恨んだりすることになるのではなかろうか、と恐れていたのである。が、そういう感情は、遠くへ押しやられて、長谷川に背を向けながら、そして、涙を流しながら、もう一度、ひしとすがりつきたいような、強く抱きしめられたいような気持ちを持て余していた。

長谷川は、煙草に火を点《つ》けた。それから灰皿を探しているらしい気配がした。その灰皿は、長谷川に背を向けた私の目の前にあった。私は、腕をのばしてそれを取ると、黙って長谷川の方へ押してやった。

「有りがとう。」

長谷川がいった。満ち足りたようないい方であった。

（長谷川さんは、あれでよかったのだろうか）

私は、はじめのうち、全身を極度に固くしていたのだが、そのうちに、長谷川の魔術にでもかけられたように抵抗することを忘れていた。しかし、私は、羞かしさに目を開くことが出来なかったし、苦痛に堪えるために固く口を閉ざし、鼻で呼吸をしていた。苦痛は、間もなく去った。気がついたとき、私は、長谷川にしがみついていた。秘かに、顔をあからめたが、どうにもならなかった。

長谷川が私の身体を貴重品でも扱うように大事に扱ってくれているようだった。しかし、それははじめのうちで、そのうちに長谷川は、自分自身の感情におぼれていき、声に出して、何かいっていた。嵐が去ったあとも、長谷川は、そのままの姿勢で、しばらくじいっとしていた。そして、そうされていることが、私にとって、不愉快でなかった。が、そのとき、私の頭の中を和気の顔が掠め去ったのである。私は、声にならぬ声で、

「ああ。」

と、嘆声を洩らした……。

「どうして、いつまでもそっちを向いているんだね。」

「だって……。」

「僕の顔を見るのが、嫌になったのか。」

「違います。」

「憤っているのか。」

「いません。」

「だったらこっちをお向き。」

長谷川の手が、私の肩にかかった。私は、さからわないで、長谷川の方に向きを変えた。が、じいっと私を見つめている長谷川の目に気がつくと、

「ご覧になっては嫌。」

と、あわてて、長谷川の胸に顔を埋めようとした。

「おや、泣いていたのか。」

長谷川は、おどろいたようにいうと、私の顎に手をかけて、仰向かせた。私は、目を閉じ

たままでいた。すると、いったんとまりかけていた涙が、またしても溢れて来た。長谷川は、しばらく黙っていてから、

「後悔しているんだね。」

と、ちょっと、途方に暮れたようないい方をした。

「後悔なんかしていませんわ。」

「無理もないが。」

「思い違いをなさらないで。」

「………」

「あたし、これでも肩の荷をおろしたような気でいるんですから。」

「では、何故、泣いたりするんだ。」

「自分でもわかりません。この次からは、絶対に泣きません。」

「そうだよ。そのつど泣かれたんでは、こっちだって、気が滅入《めい》ってくる。」

「ごめんなさい。」

「別に、あやまることはないさ。」

「でも、お気を悪くなさったんでしょう?」

「満足していたところだったんだ。」

「満足って?」

「いってもいいか。」

「嫌なことなら聞きたくないわ。」

「三十万円を出した値打ちがあった、ということだ。」

　私は、顎にかけられた長谷川の手を振り払って、その胸に顔を埋めた。が、羞恥よりも喜びに胸を踊らせていたのである。もし、長谷川から三十万円を損したようにいわれたら、私は、死にたくなったかもわからない。死にたいなんて、大袈裟であり、もともと、取引きであったのだ。何んと感じようと、それは長谷川の勝手だが、しかし、商品としての自分にケチをつけられたくなかった。

　私は、すこし大胆になって、

「じゃア、あたし、大威張りでいていいのね。」

「そう。が……。」

「が？」

「僕の指導がよかったんだぞ。」

「お礼をいえということ？」

「別に、そこまではいってない。」

「いいえ、申し上げます。どうも、有りがとうございました。でも、あたし、今後、自分からは絶対にお電話をしませんからね。」

「いや、きっと、してくるだろう。」

　長谷川は、自信ありげにいった。

「いいえ、しませんわ、あたし。」

「すると、僕の方から電話をするようになるというのか。」

「知りませんわ、そんなこと。」

「とにかく、あと五ヵ月は、僕に権利があるんだからね。」

「長いわ。長過ぎるわ。二ヵ月ぐらいにまけて下さらない？」

「そんな勿体ないことが出来るもんか。」

「ケチね。」

「そう。僕は、ケチな男なのだ。」

「そんなケチな人が、どうして今日まで、あたしにばっかり電話をかけさせたりなさいましたの？」

「結局、その方がよかったろう？」

「いいもんですか。あたし、やっぱり、長谷川さんなんか、大嫌いよ。」

「そのうちに、好きになる。明日になったら、また会いたいといってくる。」

「いうもんですか。あたし、もう帰るわ。」

長谷川は、枕許の腕時計を見て、

「九時半だ。お風呂、入ってお帰りよ。」

「はい。」

「だけど、その前に、もう一度。」

「まっ。」

「嫌なら、無理にとはいわないが。」

「…………」

「どっちなのだ。」

私は、嫌でないというかわりに、じいっとしていた。

私たちが、そのホテルを出たのは、十時半頃であった。ちょうど、入ってくる二人連れに出会ってしまった。私は、あわてて顔をそむけた。が、そのくせ、一瞬の間に、相手を見ていたのである。四十前後の男と、二十歳ぐらいの女であった。相手の方でも、顔をそむけた。

私は、その男よりも長谷川の方がいい、と思った。何かいん気な感じがするし、清潔感にも不足している。

（あんな男に買われなくてよかったわ）

すると、長谷川は、私の耳にささやいた。

「君の方が、余っ程、ましだよ。」

二

長谷川は、自動車で私のアパートまで、送ってくれた。私は、弟の顔を見ることが恐くなっていた。時間的には、別に問題でないのである。何んとでも弁解が出来る。しかし、昨日に変った自分を、弟は、何んと眺めるだろうかと思うと、一方で、そんなことがわかる筈がないのだと思いつつ、このまま、長谷川に連れられて、どっかへ行ってしまいたいような気持ちになっていた。

アパートまで、あと数分ぐらいで着く。私は、車窓の夜の街の灯を見ながらふっとつぶやいた。

「結婚式が終ったようなものなのね。」

「結婚式？」

長谷川は、いぶかるようにいって、

「ああ、弟さんの会社の課長の娘のことか。」

「いいえ、あたしだけの……。」

「君だけの。」

「…………」

「そうか。君は、今夜をそういうふうに考えていたのか。」

「おかしい？」

「別に、おかしくはないが、それにしては、花婿が悪かったな。」

「あたし、そんな意味で申し上げたのではございません。だから、あたしだけ、と……。」

「わかっている。しかし、いつか、銀座で見た恋人は、どうしたんだね。」

「さっき、人にくれてやったといったでしょう？」

「ああ、そうだったな。」

長谷川は、黙り込んだ。その沈黙が私の心に引っかかった。同時に、和気は、今頃どうしているだろうか、とも思わずにはいられなかった。あるいは、今夜も洋子とデートをしているかもわからないのである。そして、接吻ぐらいしているかも。私は、そうと決めて、和気へのみれんを断ち切ろうと努めていた。そのくせ、私の別の心は、長谷川でなく、和気ならどのように私を愛してくれるだろうか、と考えたりしているのであった。そういうことを考える私は、明らかに、昨日と変っている。変ったのは、肉体的にだけでなくて、精神的にも、であったのだ。私は、愕然とした。しかし、思えば、当然のことなのである。

「今夜、ホテルでお会いした信濃みち子さんとは、来週もお会いになりますのね。」

「多分、そういうことになるだろうな。」

「結婚は？」

「まだ、決めていない。が、あるいは、結婚なんか、しないかもわからない。」

「どうしてですの？」

「ただ、そういう気がしただけだ。」

「銀座のバー『芝』へは、ときどき、いらっしゃいますの？」

「週に一度ぐらい。」

「お泊まりになるんですの、そのつど。」

「そうとも決っていない。」

「渋谷の方は？」

「だいたい、おんなじだ。」

「よく、同時に二人の女を平気で愛していけますのね。」

「しかし、今日からは三人だよ。」

「あたしは、別です。」

「何故？」

「愛していませんし、愛されてもいませんもの。」

「いや、愛されている。」

「信じられませんわ。」

「信じることだよ。」

そういうと、長谷川は、私の肩に腕をかけて来た。

「あたしって、三十万円で買われた女じゃアありませんか。」

「いっておくが、あの三十万円は、慈善のために出したのではない。気に入ったから出したのだ。」

「だけど、結局は、あたし、買われたんですわ。」

「買ってみて、しみじみよかったと思っている。そして、今夜、ますます、その思いを深くしたんだ。三十万円は、損でなかったと思っている。明日にも京橋の『K』のマダムに報告に行きたいくらいなのだ。」

「嫌よ、そんなこと。」

「嫌だというなら黙っている。」

「本当に愛していて下さいますの？」

「僕は、そのつもりだ。」

「だったら。」

私は、そのあと、

（そんなら、あの銀座のマダムとも、渋谷の人とも手を切って下さい）

と、いいかけたのだが、あわてて、その言葉を飲み込んでしまった。

それこそ、見当違いも甚しいのである。私と長谷川との契約は、あと五ヵ月で切れることになっているのだ。それ以後は、赤の他人になるのである。かりに、その直後に私が誰かと結婚することになっても、長谷川は、何んの邪魔もしない約束になっている。が、しかし、私の気持ちの底には、いいかけていえなかった言葉の意味するものが芽生えつつあったことは否定出来ないようである。いつの間にか、長谷川を愛しはじめていたのであろうか。

「だったら？」

長谷川は、聞き返した。

「もう、いいんです。」

「いや、よくない。」

「………」

「いってごらん。」

「では、いいます。あの二人、あたし、嫌いよ。」

「らしいな。」

「ですから、あの二人にお会いになった翌日すぐに、私に電話なんかしないで頂戴。」

「おどろいたよ。」

「あら、何がですの?」

私は、抗議するようにいった。

「君が、そんなヤキモチ焼きだとは、ということだ。」

たしかに、長谷川のいう通りかも知れないのだ。三十万円で買われた女が、そんなことをいうなんて、おかしいのだ。その資格がない筈なのである。私は、わざと憤ったようにいった。

「違います。」

「どう違うんだね。」

「あたし、そんなこと、自分がよごされるような気がして嫌なんです。」

「よしよし。」

「よしよしって、あたしのいっている意味がおわかりになりましたの?」

「勿論、僕は、これでも大人だからね。しかも、女にかけては、相当なベテランなのだ。まア、僕にまかせておいて貰いたい。」

「あと五ヵ月だけね。」

「僕は、その期間を延長してもかまわないと思っているんだよ。」

「そんなこと、絶対にお断わりよ。」

私は、ピシャッといった。長谷川は、苦笑している。

「あっ、そこで。」

私は、タクシーの運転手にいった。自動車は、停った。長谷川は、私の肩にかけた腕に力を込めて、唇を寄せて来た。私は、両眼を閉じて、素直にそれに応じた。

「おやすみ。」

長谷川がいった。

「おやすみなさい。」

私は、自動車から降りて、

「なるべく近いうちにお電話を頂戴。」

長谷川は、笑顔で頷いたようであった。自動車は、走り去った。しばらく、それを見送っておいてから、私は、アパートの自分の部屋を見上げた。灯が点いている。私は、周囲に人影のないのをたしかめてから、ハンドバッグの中の鏡を取り出して、接吻のあとの口紅のみだれを直した。

三

私は、アパートの部屋の扉を開こうとして、中から弟の笑い声が聞えたような気がして、手をとめた。

（誰か来ているのか知ら？）

弟でなかったら、一人でいる弟が、あんな笑い声を立てたりする筈がないのだ。しかも、弟の笑い声は、珍しく明るかった。あのことがあって以来、いつも沈んでいて、めったにそういう明るい笑い方をしなくなっていたのである。

私は、長谷川に買って貰った腕時計を覗いた。十一時に近くなっていた。恐らく、弟の友達が来ているのであろう。私は、却って救われたような気がした。こんな夜、いきなり弟と二人っきりで向かい合うよりも、第三者がいてくれた方がたすかるのである。

私は、扉を開いた。が、そこに思いがけなく和気年久の姿を見たとき、大罪を犯して来た女のように、つい逃げ腰になった程であった。

「お帰りなさい。」

弟がいった。

「やア、お邪魔をしています。」

和気がいった。その目が、ちょっと私の身辺を探るように注がれたと思ったのは、私の気のせいだったろうか。私は、何食わぬ表情で、

「いったいどうなさったの よ。」

「お姉さん。和気さんは、もう三時間も待っていて下さったんだよ。」

弟は、咎めるような口調になっていた。

「まア、三時間も？」

私は、和気を見た。

「話したいことがあったもんだから。」

和気は、弁解するようにいった。

「今夜でないといけなかったの？」

私は、なるべく二人から遠い位置に坐った。といっても、六畳一間に流し場だけの部屋なのである。私は、弟にはとにかくとして、あるいはまだ私のどこかに残っているかもわから
ぬ長谷川の体臭が、和気に感じ取られるのではないかと恐れていた。

弟と和気とは、以前に一、二回、顔を合わしているのである。二人の前に、ケーキの函が
開かれていて、いくつか食べ残してあった。恐らく、和気が持って来てくれたのであろう。

「今夜でなくてもよかったのだが、なるべく早い方がいいと思って。」

「そう……。」

「僕が、和気さんを引きとめたんだ。」

「そう。」

「何んだい、お姉さん。そんなに機嫌の悪い顔をして、わざわざこんなお土産を持って来て、
三時間も待って下さった和気さんに失礼じゃアないか。」

「いいんだよ、利夫君。」

「お姉さん、今まで、どこをウロウロしていたんだい？」

「まア、ウロウロですって？」

私は、きっとなっていた。弟は、たちまち折れて、

「言葉が悪かったかもわからないけど。」

「そうよ。お姉さんにだって、これでいろいろと用事があるんですからね。」

「そりゃアまアそうだろうが。」

「今夜は、僕、失礼します。」

和気は、立ち上りかけた。私は敢《あえ》てとめなかった。和気がどういう話を持って来たのかわからないが、聞きたくなかった。いや、聞いたところでムダに決っているのだ。最早《もはや》、和気と私とは、決定的に赤の他人にならなければならないのである。

「お姉さん、駅まで、送って行って上げたら？」

「いや、その必要がありませんよ。」

そのとき、私の気が変った。夜更けの街を、何んとなく和気と二人で歩いてみたくなったのである。

「そうね。送って上げるわ。」

和気の顔に喜びが溢れて来たようであった。私の気が変ったので、弟も安心したらしかった。弟は、この和気が好きなのである。だからこそ、三時間もいっしょにいて、気詰まりにも思わないで、あんな明るい笑い声を立てていたのであろう。そして、あるいは、私と和気とが結婚するもの、と思い込んでいるかもわからない。私だって、そのつもりでいたのだ。

しかし、それが不可能になった原因は、自分が落した三十万円にあるのだとは、弟は、夢に

も思っていないに違いない。私だって、一生黙っているつもりなのだ。

和気が先に廊下へ出た。続いて、私も出ようとすると、弟が、

「お姉さん、ちょっと。」

と、私を呼びとめた。

「何？」

「和気さんは、お姉さんが大好きなんだそうだ。結婚したいんだそうだ。」

「和気さんが、あんたにそんなことまでいったの？」

「そうさ。だから、僕は、大賛成だといっておいたよ。」

弟は、威張ったようにいった。

「よけいなことだわ。」

「えっ、どうして？」

「お姉さんはね、当分の間、誰とも結婚しないの。」

「何故？」

「何故でも、そんなこと、お姉さんの勝手でしょう。ですから、放っといて。」

弟は、私の剣幕の荒さに、とまどっているようだった。私は、その弟に、ニコッともしないで、

「先に、寝ていて頂戴。」

と、命令口調でいって、外へ出た。

四

アパートの外に、和気は、待っていた。

「お待ち遠さま。」

私たちは、肩を並べて、駅の方に向かって歩きはじめた。和気は、黙っている。だから、私も黙っていた。が、私は、

(結局、あたしは、この和気さんがいちばん好きなんだわア)

と、いうことを痛感させられていた。

そのくせ、さっき別れたばかりの長谷川に、明日にも会いたいのだった。またまた、自分の方から電話をかけそうだ。そんなことは、絶対にしてやるもんか、と思っているのだが、その自信がなかった。

このまま、何食わぬ顔で、あと五ヵ月を過ごし、そのあと、この和気と結婚すればいいのである。秘密は、あくまで秘密としてまもり抜く。そうすることによって、私は、幸福になれるのではなかろうか。あまりにも虫がよすぎる。それは、わかっていた。だからといって、私は、一生誰とも結婚しないつもりではないのだ。誰かと結婚する。その誰かが、和気であってくれたら申し分がないのである。しかし、そうなると、あの洋子との約束が、大きな問題になってくる。どんなにか恨まれ、憤られるだろう。恨まれてもいいし、憤られてもいい。そのとき、私は、この和気を誰にもわたしたくないような気分になっていたのである。

今夜、長谷川がしてくれたようなことを、この和気にして貰えたのであったら、ということが思われてくる。自分でもあきれ返るような女になっていた。

「僕は、ね。」

やっと、和気がいった。私は、夢から醒めたように、

「何？」

「いろいろと努力してみたのだが、どうしても好きになれないんだ。」

「杉山さんのことをいってらっしゃるの？」

「そうだ。」

「どうしてよ、あんないいお嬢さんを。」

「君のことが忘れられないからだ。」

「迷惑よ、あたし。それに、杉山さんとは、何度もデートをしていらっしゃるんでしょう？」

「強引に誘われて。」

「強引だなんて、そんな勿体ないことをいっては、罰があたるわ。」

「しかし、僕としては。」

「そのうちに、きっと、好きになれますわ。」

「なれないね。」

「いいえ。」

「かりになれたとしても、そこに限界がある。しかし、君に対しては、限界がないのだ。無限なのだ。だから、何んとか結婚して貰いたいと思って、今夜、やって来たんだよ。」

私は、そこに嘘を感じられなかった。和気は、しんけんなのだ。私は、いい気持ちであった。

(そんなら、あと五ヵ月待って頂戴。何んにもいわないで、待って頂戴。そうしたら……)

そういいたくなっていた。しかし、私は、

「先日、あたしが洋子さんの前でいったこと、覚えていらっしゃるでしょう?」

と、いっていたのである。

「別に好きな人がある、ということだろう? しかし、僕は、あんなこと、信じていないんだ。」

「だけど、真実なんですからね。」

「嘘だ。嘘にきまっている。君は、杉山君に僕を譲るために、あんなことをいったに違いない。」

「うぬ惚れないでね、和気さん。」

和気は、こたえたように、黙り込んだ。

「あたし、本当に愛している人を、他人に譲るほど、古風な女じゃアありませんことよ。別に、ちゃんと愛している人があるから、事実のままをいったんです。」

「どうしても、僕では、ダメか。」

「悪いけど。」

「相手は、どういう人？」

「素敵な男性よ。」

「一度僕に会わせてくれないだろうか。」

「嫌よ。」

「何故？」

「惜しいわ、そんなこと。」

「しかし、僕には、その素敵な男性を現実に見ないことには、納得出来ないんだよ。」

「すると、和気さんは、あたしのいうことが信用ならないとおっしゃるの？」

「他のことならともかく、こればかりは。」

珍しく、和気は、強気であった。過去の和気には、こういう強気がなかったのだ。何かといえば、有りがとう、と口癖のようにいう男であったのである。

「でも、あたし、お断わりよ。」

「それなら、僕だって、あくまで君をあきらめないからね。」

「さっきから、そんなムダな努力は、およしなさいといって上げてるんですよ。」

「たとえ、ムダであっても。とにかく、僕は、君が、その素敵な男性とやらと結婚するまではあきらめない。いや、結婚してしまっても、君を思い続けるだろう。」

これほどまでにいってくれるのである。私は、いっそ何も彼も話したらと思った。しかし、話せなかった。ましてや、今夜、長谷川とあんなことがあったとは、死んでも話せないのである。結局、私は、口では迷惑だなどといいながら、和気から愛されていたいのであり、軽蔑されたくないのであった。

（横着な女！）

自分のことを、そのように罵倒したくなっていた。

向こうに駅の灯が見えて来た。私は、それを眺めながら、

「そんな夢のような話は、およしになって。」

と、他人事のようにいった。

和気は、下唇を噛んだ。が、そのうちに思い出したように、

「そうそう、利夫君は大変だったんだってねえ。」

「何んのこと？」

「課長の金を三十万円も落したとか。」

「まア、弟は、そんなことまであなたに喋ったの？」

「そう。だけど、君には、非常に感謝していたよ。もし、お姉さんが、会社の課長から借りて来てくれなかったら、自分は、今頃自殺していたであろう、と。」

「そんなこと、よけいなのに。」

「だけど、君の課長は、よく三十万円も貸してくれたねえ。」

「………」

「ケチで、有名じゃアないか。」

「………」

「僕は、あの課長も、大いに見直す必要があると思ったよ。」

「違いますわ。」

「えッ、何が？」

「あたしが、三十万円を借りたのは、課長さんからではありません。」

「しかし、利夫君が。」

「弟には、そういって安心させてあるだけです。」

「すると、君は、いったい、誰から三十万円もの大金を借りたのだね。」

「さようなら。」

私は、くるりと踵を返してしまった。

第七章　ショウ・ウィンドウ

一

一週間たった。

しかし、その間、長谷川から一度も電話がかかってこなかった。私は、毎日、長谷川の電話を待ちこがれていた。といって、自分から電話をすることが嫌だった。ますます、こちらの足許を見られてしまう。安っぽい女と思われることを恐れていた。たとえ、安っぽい女に思われてもいいではないか、とささやくものが私の胸の中にあった。もし、長谷川に三十万円で買われたのでなかったら、私は、そんな自尊心なんか、かなぐり捨てて、長谷川に電話をかけ、その胸にすがりついたかもわからない。が、三十万円のことが、どうしても頭からはなれないのであった。愛情でなく、取引なのだ。そう思っていないことには、五ヵ月後によけい苦しまなければならないに違いない。

そのくせ、長谷川があの夜いってくれた、

(三十万円を出した値打ちがあった……)

と、いう言葉を、私は、しょっちゅう思い出していた。

(要するに、長谷川さんは、私をじらしているんだわ)

長谷川のお得意な戦術なのである。それに乗せられてはならないのだ。そうとわかりつつ、私は、日に一回は、長谷川へ電話をしたくなる衝動をおさえなければならなかった。

和気は、その後、何もいってこない。が、遠くからいつでも私を見ているらしいのである。それに気がついていて、私は、知らん顔をしていた。

私が、社員食堂にいるとき、

「ちょっと……。」

と、洋子が寄って来ていった。

「何?」

洋子は、妙にきつい感じのする顔になっていた。それを見ただけで、私の胸が騒いでくるのであった。

「話があるのよ。」

「どんな？」

「ここでは、話が出来ないわ。屋上へ来て。」

そういうと洋子は、私の返事も待たないで、背を見せた。私は、苦笑した。すでに食事を終っていたので、そのあとにしたがった。そのときになって、向こうの隅から私たちを見ている和気の目に気がついた。しかし、和気は、あたかもうしろ暗い人間のように、あわてて目をそらした。心に引っかかるしぐさであった。

エレベーターで屋上へ出たのだが、その間、洋子は、一言も口を利かなかった。その不機嫌さが、私を不愉快にした。これでも、こっちは、年上なのである。ましてや、愛する和気を譲ってやったのだ。どういう理由があるにしろ、そういう態度はつつしむべきなのではなかろうか。

屋上の隅へ行くと、洋子は、くるりと振り向いて、

「あたし、和気さんをお返しいたしますからね。」

と、切り口上でいった。

私は、黙って洋子の顔を見ていた。洋子は、ちょっとうなだれかかったのだが、すぐ立ち直って、

「たしかに、お返しいたしましたから。」

「それは、どういうこと？」

「あんな男、ダメだわ。」

「だって、あなたは、和気さんがお好きだったんでしょう？」

「でも、愛想がつきたわ。」

「何かあったの？」

「あったわ。」

「それをいって。」

「いったら受け取ってくれる？」

私は、頭を横に振った。

「まア、どうしてよ。」

「あたし、あなたにいった筈よ、別に好きな人がある、と。」

「…………」

「今のあたしは、その人のことで、いつだって胸がいっぱいなんだわ。和気さんなんて、真ッ平よ。」

「そう。あんたって、そういう人だったのね。だったらいいわ。」

洋子は、去りかけた。

「待ってよ。」

「…………」

「喧嘩でもしたの？」

「したわ。」

「喧嘩なんか、仲直りしたらいいのよ。あたしから和気さんに、うまくいって上げましょうか。」

「いえ、もう結構。」

「そう……。」

こんどは、私の方が去りかけた。

「待ってよ。」

洋子がいった。だけでなしに、くるりと私の前にまわると、

「喧嘩の原因は、あなたなのよ。」

「わからないわ。」

「和気さんったら、昨夜だって、いっしょにあたしと歩きながら、溜息まじりにあなたのことばかりいうのよ。」

「…………」

「好きだとか。」

「…………」

「結婚したいのだとか。」

「…………」

「あたし、これでもそれまで、随分と我慢していたのよ。だけど、とうとう我慢が出来なくなって、ピシャッと頬を殴ってやったのよ。」

「殴った？」

そこまでは、考えていなかった。胸が痛くなってくる。同時に、私のために殴られた和気が哀れに思われた。

「そうよ。」

洋子は、当然のようにいって、

「それだのに、和気さんたら、殴り返してこないのよ。しょんぼりとうなだれているだけなのよ。あたし、ますます腹が立って、もう一度……。」

「殴ったの？」

私は、詰め寄るようにいった。一度ならず、二度までも殴ったのなら、許せないのである。和気のかわりに、殴り返してやってもいい気になっていた。

「殴らなかったわ。」

私は、ほっとした。

「そのかわり……。」

「そのかわり？」

「意気地なし、あんたなんか、大嫌いだわ、もう顔を見るのも嫌になったわ、といってやったわ。」

「…………」

「ところが、それだけいわれても、うなだれたままでいるのよ。」

「…………」

「これだけいったら、あたしが、和気さんをあなたにお返しする理由が、おわかりになったでしょう? では、たしかにお返しいたしましたからね。」

「あたし、いらないわ。」

「ほんとうに、いらないの?」

洋子は、じいっと私の顔を覗き込んだ。私は、見返した。これには、勇気が必要であった。

私は、更に和気が哀れになっていた。あの事件さえ起らなかったら、私と結婚する筈だったのだ。その和気が、私のために、そんなひどい目にあっていたのだ。どんなことでもして、和気を慰めてやりたくなっていた。そのためには、もし和気が欲するなら、私のすべてをあたえても……。そこまで考えて来て、私は、長谷川を思い出した。長谷川との一夜を。

「いりませんわ。」

私は、いってしまった。

「そう、そんなら、そこらのドブの中にでも捨てておいて。」

いい捨てると、洋子は、さっさと去って行ってしまった。

二

その夜、私は、新橋のNホテルの前をうろうろしていた。この前のように、ロビイへ入って行く勇気はなかった。このホテルの食堂で、長谷川が信濃みち子と食事をしている筈なのである。

私は、洋子と会社の屋上で口喧嘩をしたあと、そこらのドブの中にでも捨てておいてといわれた和気が可哀そうで、今夜つき合ってやってもいい気になった。でないと、和気は、意気銷沈してしまって、ダメな男になるか、ヤケを起すか、どっちかのような思いがした。しかし、私は、その前に、長谷川に電話をした。もし、長谷川が今夜私と会ってくれる気だったら、それをたしかめておかないと、せっかく和気を誘っても、まずいことになるからである。

「社長さん、あたしです。」

「おお、どうしたね。」

長谷川の声には、笑いを含んでいるようだった。こちらの心の底を見抜いて、会心の笑みを洩らしているのかもわからない。だったら、憎らしい。

「どうもしませんわ。」

「無事でいるということか。」

「はい。」

「結構なことだよ。」

「あの、今夜。」

「今夜？」

「別に、ご用はございません？」

「ないね。」

「だったら、あたし、安心して、ランデブウが出来ます。」

「ほう。」

「かまわないでしょう？」

「かまうね。」

「では、会って下さいます？」

「ところが、今夜は、いつかの信濃みち子と食事をする約束になっているんだ。」

「まア、何処で？」

「まだ、決めていないが。」

「Nホテルでは、ございませんの？」

「あるいは、そうなるかもわからない。」

「そのあと、どこかへいらっしゃいますの？」

「銀座のバーぐらいへは行くだろう。」

「あの『芝』へ？」

「恐らく……。そうだ、君が、誰かとランデブウをするんなら、いっしょに来ていろよ。どういう人物か、僕が鑑定してやる。」

「………」

「いったい、誰とランデブウをするんだ。」

「恋人とよ。」

「僕の筈だが。」

「あなたなんか、恋人ではありません。もし、恋人だったら、もっとお電話ぐらい下さる筈です。」

「そうだな。」

「明日、会って下さいます？」

「明日から大阪へ行く。」

「まッ……。何日ぐらいですの？」

「一週間。」

「そんなに長く？」

「商売だからね。」

「また、誰か女の人を連れていらっしゃるんでしょう？」

「いけないかね。」

「…………」

「いっそ、君を連れて行こうか。」

「連れてって下さいます？」

私は、思わず声を弾ませてしまった。その瞬間、私の頭の中から和気の顔が、すうっと消えて行った。自分で、自分の不逞さが思い知らされたような気分であった。

「と、思ったんだが、よしておこう。」

「どうしてですの？」

「先約があるから。」

「ひどいわ。」

「………。」

「そんなことまで、あたしにお聞かせにならなくっても。」

「悪かった。」

「さようなら、お大事にね。」

「ああ。」

「そのかわり、あたし、今夜、恋人とランデブウをしますから。」

「いいとも。しかし、出来ないだろうな。」

「いいえ、出来ますわ。」

私は、電話を切った。後味が悪かった。みれんも残った。長谷川は、私が和気とランデブウ出来ないだろうといったことも、すっかり甘く見られているようで口惜しかった。こうなったら意地にでも、今夜、和気といっしょに過ごしたかった。世間には、同時に二人の男性を相手にしている例が多いそうだが、私にだって、その気になれば出来ない筈はないのである。ちょっとした悪党気分が味わえるだろう。そういう経験も悪くない。しかし、実際の私は、和気に言葉もかけないで、こうやって、Nホテルの前をうろうろしているのであった。自分ながら、あきれ返ってしまうほどであった。しかも、果して、Nホテルの中に、長谷川がいるかどうかも、わかっていないのだ。かりに、いたとしても、出てくる長谷川に、どういう態度に出るべきか、その決心もついていなかった。しかし、遠くからその姿を見るだけでも、満足すべきなのだと自分にいい聞かせていた。今夜のチャンスを逃がしたら、すくなくともあと一週間は、会うことが出来ないのだから。どうして、こんなにも長谷川に惹かれるのであろうか。以前だって、長谷川に電話をしたりした。が、それは、背負わされている三十万円の重荷を、すこしでも軽くしたいからであった。今は、それとは別なのだ。要するに、一週間前のあの夜のせいなのだ。私は、もう一度、同じことを繰り返して貰いたいのだった。頭を下げてでも。

七時半になっていた。私は、ここに立ったのが六時過ぎであった。一時間以上も、うろうろしていたことになる。しだいに、自分自身がみじめに思われて来た。何度も、このまま帰ってしまおうと考えたのだが、あと五分、あと十分と延ばして来たのであった。

（こんどこそ、あと十分で帰ろう）

そうと決めた。ホテルのボーイが、さっきから私に気がついて、ときどき、いぶかるように見ている。私は、なるべくボーイの方を見ないようにしていた。

私は、ふと亡くなった両親のことを思い出した。両親は、どこかの物蔭からこんな私の姿を見ているに違いないような気がした。きっと、情ない娘だ、と悲しんでいるだろう。自分でも、そう思う。が、どうにもならないのである。急に、そこらがぼうっとうるんで来た。目頭が熱くなってくる。

（ああ、泣くんだわ）

こんなところで泣いては、みっともないだけだ。私は、急いでハンド・バッグを開き、ハンケチを取り出した。目の中にゴミでも入ったように目頭をおさえた。しばらく、そのままの姿勢で、じいっとしていた。切なくて、声を出したくなってくる。

「どうしたのだ。」

おどろいてハンケチをはなして見ると、長谷川が立っていた。まるで、夢のようであった。すがりついて、

（あなたが悪いのよ）

と、いいたかった。

「泣いていたみたいだったが。」

「違います。目にゴミが入って……。」

「ならいいんだが。」

「もし、泣いていたのだったら？」

私は、そこまでいって、長谷川のうしろに立っている信濃みち子に気がついた。相変らず、ハッと呼吸を詰めたくなるような美しさであった。二人は、ホテルの中から出て来たところのようだ。

私は、あわてて、信濃みち子に会釈をした。みち子は、会釈を返してくれた。

三

「信濃さんだ。」

長谷川が私にいっておいて、こんどは、信濃みち子に、

「矢沢章子さんです。虎の門のK商事に勤めていて、僕とは……。」

と、そこまでいっておいて、

「まア、ご想像におまかせいたします。」

と、笑いながらいった。

私は、あかくなって、

「どうか、よろしく。」

と、頭を下げた。

「いいえ、こちらこそ。」

信濃みち子は、私と長谷川との仲をどのように想像したかわからないが、鷹揚にいった。そこにこの人の育ちのよさが現われているようだった。

「僕たちは、これからバーへ行くつもりなんだが、君、よかったらいっしょについてこないか。」

「かまいません？」

私は、長谷川によりも信濃みち子に目を向けていった。

「どうぞ。」

「では、あたし、お供をさせて頂きます。」

「『芝』へでも行きますか。」

私は、長谷川の大胆さにおどろいた。大先輩の娘であり、未亡人であり、しかも、結婚してくれといわれている信濃みち子を、自分の二号のバーへ案内しようというのである。そして、そのことは、私への嫌がらせにもなる筈なのだ。が、信濃みち子の前で、私は、それについて、とやかくいえないのである。

「結構ですわ。」

信濃みち子は、「芝」へは、何度も行っているらしかった。

私たちは、長谷川を真ん中にして、銀座の人混みの中を歩きはじめた。長谷川と信濃みち子は、私の知らない人のことについて、語り合っている。私は、それを聞きながら、長谷川と知り合ってから一ヵ月余にしかならないのだ、と思っていた。考えてみると、長谷川のことは、何んにもといっていいくらい知らないのである。知っていることといえば、長谷川電器の社長であり、二年前に奥さんに亡くなられていることであり、二号と三号があることと、信濃みち子に求婚されていることぐらいである。勿論、それだけ知っていればたくさんなのだ。しかし、私は、長谷川について、もっともっとたくさんのことを知りたくなっていた。

「芝」へ近づくにつれて、私は、しだいに憂鬱になっていた。あの憎らしいマダムの顔を見

なければならないのだ。そして、マダムだって、私を敵視しているのである。いっそ、このまま、

(あたし、帰ります)

と、いって踵を返したかった。

かりに、長谷川が私へのじらし戦法をとっているのであったら、その方が効果的な筈なのである。にもかかわらず、私は、そういう気になれなかった。今夜は、どこまでも長谷川についてまわりたいのであった。

「芝」は、割合いに空いていた。

「いらっしゃい。」

媚びるような笑顔で長谷川と信濃みち子を迎えたマダムだったが、最後に入って来た私に気がつくと、頬をこわばらせた。睨みつけたようだった。が、私は、澄まし込んでいた。長谷川は、そんな私たちに気がついたようだったが、何もいわなかった。

長谷川と信濃みち子が並び、テーブルをはさんで、私とマダムが並んでしまった。マダムは、長谷川と信濃みち子の関係を知っているようだった。そして、うわべだけにしろ、敬意を表しているようだった。その点、私に対しては、敵意を見せていた。私に、どんな酒を飲むかと聞くときに、

「あんたは、ビールでいいんでしょう？」

と、高飛車ないい方をした。

信濃みち子には、やがて長谷川の妻となるべき女として、一目も二目もおいているのだろう。が、私に対しては、直感的にライバルと感じているらしかった。だから、私は、わざと、

「社長さん、あたし、ジンフィーズを飲んでいいでしょう?」

と、甘えるようにいってやった。

「ああ、いいとも。」

長谷川は、おだやかにいった。

「まア、ジンフィーズですって?」

マダムはジロッと私を見た。私は、見返して、

「はい、ジンフィーズを。」

と、いってやった。

長谷川と信濃みち子は、ウイスキーの水割りを、そして、マダムは、ブランディ・サワーを飲んだ。

しばらくは、何気ない雑談が続けられた。といって、私は、黙って聞いていただけなのである。

「信濃さん。」

マダムがいった。

「この長谷川さんて、相当な浮気者ですからね。もし、結婚なさるおつもりなら、余ッ程、手綱をおしめにならないといけませんよ。」

信濃みち子は、ちらっと長谷川を見た。長谷川は、さからわないで、

「その通りですよ。」

と、応じた。

「だって、男のお方なら、たいていそうなんでしょう?」

「そういう寛大さが、男をますます増長させるんですよ。」

「よく、わかりましたわ。」

自分が、その長谷川の二号であることを棚に上げてのマダムの白白しさは、私には、いやらしいだけだった。その点、恐らく長谷川とマダムの関係を知らないからであろうが、信濃みち子には、奥床しさがあった。尤も、この人だって、いったん奥さんになってしまえば、きっと人並のヤキモチを焼くに違いなかろう。また、それが当然のことなのだ。今は、長谷川と結婚するために、わざと猫をかむっているのかもわからない。

しかし、そんなことは、私にとって、どうでもいいことだった。長谷川が、どんな女と結婚しようが、私には、無関係なのである。あと五ヵ月で、長谷川との縁が切れるのだから。私は、五ヵ月後の自分を考えた。急に、何んともいえぬ空虚さが襲って来た。そのとき、私は誰によって、この空虚さを癒していけばいいのであろう。

(和気さん……)

過去のことは忘れたことにして、ということだって考えられる。そのためにも、和気の心が、完全に私から去らないように、適当に引きとめておくことが必要なのだ。それくらいの

ことは、出来そうであった。そして、そうすることによって、私の長谷川への関心に、ある程度のブレーキがかけられるかもわからないのだ。

（明日から一週間、長谷川さんは、お留守になるのだし、その間に……）

いつか、私は、そういうことを考えていた。別の心は、そんな自分を責めていたのだが。

「この人とだって。」

マダムが私を指さした。私は、夢を破られたように、マダムの指さきを見た。綺麗にマニキュアがしてあった。

「何をしているやらわかったものではありませんからね。」

一瞬、座の空気が白けたようであった。

「何んとかいったらどうなの？」

マダムは、私への追撃の手をゆるめなかった。

「ご想像におまかせいたします。」

私は、さっきの長谷川の口調を真似ていった。

「まッ、生意気だわ。」

「よせ。」

長谷川がいった。

「だって……。」

「よせ、みっともないだけだ。」

長谷川は、強い口調で、マダムの口を封じておいて、

「君、帰った方がいいよ。」

と、私にいった。

私は、裏切られたような思いで、長谷川を見た。しかし、長谷川の目が、私を裏切ってはいないようだった。何かの意味が込められているように思われた。その意味を考えるいとまもなしに、私は、立ち上った。

「帰ります。」

「そうよ。」

マダムは、勝ち誇ったようにいった。が、信濃みち子は、黙って私を見ているだけだった。私に対して、すでにいい感じを持っていないようだった。私は、そのとき、

(この人からも、そして、マダムからも、長谷川さんを奪ってやろう)

と、思った。

四

私は、外へ出た。一人になると、さっきからのことが、悪夢のように思い出された。結局、あんなホテルの前でなんか、待っていなければよかったのである。歩きながら、別れぎわの長谷川の目の意味するものを考えていた。わからなかったが、長谷川から嫌われているのでない、ということだけは信じていいように思われた。それでいいのだ。あのマダムや、信濃

みち子からどのように思われようと、私は、平気である。いや、平気にならなければならないのだ。

しかし、私は、まっすぐにアパートへ帰る気にはなれなかった。何んとしても、もう一度、長谷川に会いたいのであった。

（待ってみよう）

私は、「芝」の方へ引っ返した。そして、「芝」から三十メートルぐらいはなれた婦人洋品店のショウ・ウィンドウの前に立った。中には欲しいものが、たくさんあった。が、今の私にとって、いちばん欲しいものは、長谷川であった。私は、ショウ・ウィンドウの中を見るようにしながら、「芝」の方へ注意を向けていた。

三十分ぐらい待ったが、長谷川も、信濃みち子も出てこなかった。またしても、みじめな思いが押し寄せてくる。が、私は、頭を横に振って、長谷川以外のことは、何んにも考えまいとしていた。

信濃みち子が出て来た。続いて、長谷川が。送り出したマダムは、しきりに長谷川に何かいっている。しかし、長谷川は、いい加減に聞いているようだった。やっと、マダムが奥へ引っ込んだ。

長谷川が、ちょうど通りかかった空タクシーを停めた。二人で、それに乗られたら万事休すなのである。私は、うろたえた。思わず、そちらの方へ行きかけた。が、タクシーに乗ったのは、信濃みち子だけであった。長谷川は、乗らないで、自分で扉を閉めてやっている。

（やっぱり、待った甲斐があったんだわ）

タクシーは、去って行った。それを見送っておいて、長谷川は、こっちの方へ近寄ってくる。私は、駈け出したいのを我慢して、ショウ・ウィンドウの中を見たままで、長谷川の近寄ってくるのを、じいっと待っていた。長谷川をやり過ごしておいて、しばらくそのあとからついて行き、偶然に再会したような素振りをするつもりでいた。でなかったら、長谷川から、しつっこ過ぎる、と嫌われてしまうかもわからない。

ところが、長谷川は、まっすぐに私の立っているショウ・ウィンドウの前に来て、私と並んだのである。「芝」を出たときから、私がここにいることを見ていたようであった。私は、長谷川をちらっと見上げてから、あわてて視線を戻した。

「何が、欲しいのだ。買ってやってもいい。」

「買って貰いたいものなんか、ありません。」

「憤っているのか。」

「憤ってなんかいませんわ。」

「しかし、気を悪くしたろう？」

「…………」

「…………」

「僕の失敗であった。あのマダムが、あのようなことをいおうとは思っていなかった。」

「要するに、あの女は、僕と信濃さんと結婚させたくないのだ。」

そうであったのかと、やっと、私にも思い当った。

「あんな二号さんこそ、馘にしてしまいなさい。」

「そのつもりだ。」

「まッ、ほんと？」

「気を悪くさせたお詫びに、何か買ってやるよ。」

「いりません。」

「しかし、その年頃で、これだけの品を見たら、欲しいものはあるだろう？」

「いってもいい？」

「いいさ。」

「あたしのいちばん欲しいのは、長谷川さんです。」

第八章　善は急げ

一

次の夜、私は、長谷川を東京駅へ見送りに行った。別に、そういう約束をしたわけではなかった。が、長谷川は、きっと、この前のように女を連れて行くに違いないのである。それを秘かにたしかめておきたかった。

はじめて、長谷川と三十万円の契約をしたとき、私は、長谷川から半強制的に東京駅まで見送らせられた。そのとき、連れていたのが、銀座の女であった。だから、こんどは、渋谷の女ということになりそうだ。あるいは、長谷川のことだから私の知らぬ女を連れて行くかもわからない。

長谷川の乗る汽車は、プラットホームに入っていた。寝台に乗るにきまっていようと、私は、一等寝台車のあたりを、すこしはなれたところから、それとなく見るようにしていた。

（今日から一週間、長谷川さんは、東京にいなくなるんだわ）

その淋しさが、今から胸に応《こた》えるようであった。それにしても、昨夜は、愉しかったのである。嬉しかったのである。私は、女と生れて幸せであった、というようなことまでを感じさせられた。

銀座のショウ・ウィンドウの前で、

「あたしのいちばん欲しいのは、長谷川さんです。」

そういったら、長谷川は、

「僕にとっては、君なのだ。」

と、打てば響くようにいってくれた。

「ほんと？」

「だからこそ、あそこで、信濃みち子と別れたのだ。」

「だけど、あたしが、もしここに立っていなかったら？」

「いや、君は、きっと、そこらに待っていてくれると思っていた。」

「嬉しいわ、あたし。」

「もっと、嬉しがらせてやりたいのだ。」

長谷川は、目にモノをいわせた。

「嬉しがらせて。」

私は、すがりつくようにいってしまった。

「では、善は急げ。」

「はい。」

私たちは、タクシーで、代々木のホテルへ行った。

「今夜は、いっしょにお風呂に入ろう。」

「嫌よ、そんなこと。」

「ダメだ。」

「そればかりは、かんにんして。」

しかし、私は、いっしょに風呂へ入ってもいい気になっていた。それどころか、長谷川の背中を流してやりたくなっていた。石鹼の泡をたっぷりとつけて、愛撫するように、やさしく、ていねいに。

「わかったよ。」

「あら、何がですの？」

「いっしょに風呂へ入らぬ理由が。」

「………」

「きっと、背中かどっかに、大きなアザがあるんだ。」

「まア、ひどい。そんなことをおっしゃるんなら、お見せしたいくらいだわ。」

「見せて貰おう。」

長谷川の目が笑っていた。私は、あかくなった。しかし、これでいっしょに風呂へ入ることを拒否する理由がなくなったのである。

風呂場には湯気がもうもうと立ち込めていたことは幸せであった。そして、私は、長谷川の背中を流してやった。が、その間にも、

(あたしは、こんなことをしていていいのだろうか)

との反省がないわけでなかった。

自分が、すっかり堕落したような気がしていた。和気のことも、頭の中で、ちらちらしていた。

(でも、どうにもならないんだわ)

今夜は、余分のことは、一切考えないで、長谷川と二人っきりでいられる幸せにおぼれていよう。そう決めていた。

「はい、すみました。」

「有りがとう。こんどは、君の背中を流してやろう。」

「いいえ、結構。」

「遠慮?」

「違います。背中に、大きなアザがありますから。」

「それが、見たかったのだ。」

「見られたくありません。だって、嫌われますもの。」

「もう、嫌いになりっこない。」

「ほんとうに?」

「だから、早く、あっちを向きなさい。」

「はい。」

「なるほど、大きなアザだ。こんな大きなアザは、見たことないな。」

長谷川は、私の背中を両掌で撫ぜまわしていたのだが、そのうちに腋の下から胸の方へ延ばして来た。私は、かっとなり、身体をくねらせたが、しかし、すでに抵抗する意志を失っていたのであった……。

私は、そのときのことを思い出しながら、長谷川の現われるのを待っていた。思い出すだけで、身体の一部が燃え上ってくるようであった。昨夜だって、寝るとき、弟の寝息を聞きながら、それを思い出していたのである。当分の間、すくなくとも、長谷川が大阪から帰るまで、毎夜同じ思いを繰り返すに違いなかろう。

弟は、その後も、ときどき、和気のことを口にする。

「お姉さんは、どうして、和気さんと結婚しないの?」

とか、

「僕は、和気さんのような人をお義兄《にい》さんと呼べるようになりたい。」

とか。

私は、相手にならなかった。が、あんまりうるさく感じられるときには、

「この前、いったでしょう、お姉さんは、当分の間、誰とも結婚しない、と。」

と、睨みつけてやった。

それで、弟は、たいてい口を閉じる。が、たった一度だったが、

「お姉さんが結婚しないというのは、僕が無くした三十万円に関係があるの?」

と、いったことがあった。

私は、青くなりかけた。が、それを顔に出さないように努めながら、

「まア、どうして、そんなことをいうのよ。」

「何んとなく……。」

「何んとなく、なによ。」

「そんな気がしたんだ。」

「それは、どういう意味になるのよ。」

「そんなにいわれると困るけど、でも、お姉さんは、あの金を本当に課長さんから借りたの?」

「そうよ。」

「だけど、和気さんは、びっくりしていたよ。お姉さんの課長って、ケチで、有名なのに、と。」

「いくらケチでも、貸して下さったことに間違いないんだわ。」

「無条件で？」

「そうよ。そうにきまっているわ。」

「なら、いいんだけど。」

しかし、弟は、疑心暗鬼でいるようだった。だからといって、私は、どうして弟に本当のことがいえるだろうか。いえば、弟を苦しめるだけだし、また、私だって、弟の顔が見られなくなってしまう。そういう姉弟が、アパートのせまい部屋に、いっしょにいられるものではないのだ。私は、あくまで、そして、一生、弟に黙っているつもりでいた。

二

階段に長谷川の姿が見えたのは、発車に五分ほど前であった。しかし、一人であった。私は、アテが違ったような気がした。が、それ以上に、嬉しかった。

（でも、後からくるのかも……）

あるいは、先に、私の見知らぬ女が、寝台車に乗り込んでいて、長谷川を待っているのかもわからないのである。

長谷川は、別にそこらをキョロキョロと見まわすようでもなく、そのまま、寝台車の中へ消えて行った。私は、そのあとを追うべきかどうかで迷っていた。長谷川が一人で旅立ったものと決めて、このまま帰った方が、いちばん無難であり、利口なのである。しかし、中に同行する女がいるのなら見ておきたいし、いないのなら長谷川に私が見送りに来たことを、知っておいて貰いたかった。

私は、思い切って、寝台車の中へ入って行った。発車直前の寝台車の中は、着換えている人やなんかで、ごった返していた。これでは、通り抜けでもしなかったら、長谷川の姿を見つけ出すことは出来ない。が、流石に、その勇気がなかった。途方に暮れていると、

「おっ、どうしたのだ。」

と、足許から長谷川の声が聞えた。

長谷川は、私にいちばん近い端の下段の寝台に腰を下ろして、煙草を吹かしていたのであった。私は、うかつにも、それを見逃していたのである。私は、悪いところを見られたように、思わず、逃げ腰になったくらいだったが、すぐ立ち直って、

「お見送りに来ましたの。」

「そうか。それは、すまなかったな。」

「お一人ですの？」

「どうして？」

「だって、昨日お電話をしたとき、連れて行く人の先約があるとおっしゃったでしょう？」

「いったよ。」

「急に、先方の都合が悪くなって、取り消されたんだ。」

「ですから……。」

「お気の毒ね。」

「が、却って、気楽でいい。」

「あたし、連れて行って貰えばよかったわ。」

「そうなんだ。」

「連れてって下さい。」

私は、思い切っていった。

「本気か。」

「はい。」

「弟さんが心配するだろう？」

「何んとか理屈をつけて、汽車の中から電報を打ちます。」

「そんなに無理をしないことだ。」

「無理でなく。」

「急に、そんなことをいったって、寝台がないよ。」

「二等車で行きます。席がなくっても、立って行くから平気です。」

「………。」

「お願い。」

私は、両掌を合わせた。そんな私を、ジロジロと見ている人もいた。すでに、発車の時刻が迫っていた。こうなっては、降りないだけである。そうすれば、しぜんに大阪まで、長谷川といっしょに行けるのだ。

長谷川は、答えなかった。

「ご迷惑？」

「いや……。」

「だったら。」

「しかし、こんどは、ちょっと難かしい用事で大阪へ行くのだ。そういっしょに遊んでやるわけにいかないよ。」

「遊んで頂かなくとも。」

そういったあと、私は、

「とうとう、汽車が動き出してしまいましたわ。」

と、晴れ晴れとしていった。

が、とたんに、弟のことが気になって来たことも事実であった。

長谷川は、苦笑した。が、憤っている顔ではなかった。ちょうど通りがかった車掌に、

「寝台が空いていないだろうか。」

と、聞いてくれた。

幸いだったことは、長谷川の上が空いていたのである。

「では、それを頼む。大阪までだ。入場券で乗ったのだから。」

「かしこまりました。」

　車掌が去って行った。

「すみません。」

　私は、長谷川にいった。

「まア、いいさ。」

「ねえ、あたしって、しつっこい？」

「まさか、こんなしつっこい女になろうとは、思っていなかったな。」

「長谷川さんがいけないのよ。」

「多少は認めるが。」

「こんな女、嫌い？」

「さア……。」

「嫌いにならないでね、あと五ヵ月だけ。」

「五ヵ月過ぎたら？」

「嫌いになって下さってもいいわ。」

「もし、嫌いにならなかったら？」

　私は、しばらく黙っていてから、

「お互いに、好きでいて別れられたら、辛いけど、その方がいいのね。」

と、自分の胸にいい聞かせるようにしていった。

私は、いつか長谷川の横に腰を下ろしていた。すでに、大部分の客は、ベッドにもぐり込み、カーテンを閉めていて、私たちのように話しているのは、僅かであった。列車は、ぐんぐん東京をはなれつつあるのだ。私は、そのことを喜びながら、一方で、ますます弟のことを気にしていた。

「あたし、やっぱり、横浜で降りようか知ら？」

「どうして？」

「だって、旅の仕度なんか、何んにもして来ていないんですもの。」

「向こうで、買えばいいさ。」

「弟に、何んといって、電報を打ちましょうか。」

「あれ、そんなことまで、僕に考えさせる気なのか。」

「こうなったら、たよりになるのは、長谷川さんだけですもの。」

「やれやれ。」

「ごめんなさい。」

私は、頭を下げた。長谷川は、何か熱心に考えてくれているようだ。そうなると、私は、いっそう長谷川に悪いような気がしてくるのであった。まして、長谷川は、難かしい用事で大阪へ行くといっているのだ。私がいては、邪魔になるかもわからない。私に気をつかって、そのために、その難かしい仕事がうまくいかなかったら申しわけないのである。私は、その

こともいって、

「あたし、やっぱり、横浜で降ります。」

「そうするか。」

長谷川も、今は、敢て引きとめなかった。

「そのかわり、大阪からお帰りになったら、すぐお電話を頂戴。」

「勿論。」

「切符の取消しやなんか、今からでも出来るんでしょう?」

「ああ、出来るとも。」

やがて、私は、横浜で下車した。

「行ってらっしゃい。」

「留守中に浮気をしたら承知しないぞ。」

「まさか……、長谷川さんこそよ。」

「今度は、それどころではなかろうな。」

やっぱり、私がついていかなかった方がよかったらしいのだ。

私は、夜のプラットホームで、遠のいて行く列車の赤いテール・ランプを見つめながら、じいっと立っていた。私のハンド・バッグの中には、長谷川が、帰りの電車賃にとくれた五千円サツが入っていた。

三

更に、二ヵ月過ぎた。長谷川とは、その後、一週間か十日に一度ぐらいの割で会っていた。私から電話をすることもあるし、長谷川から電話をくれることもあった。

私は、ときどき鏡を見て、

（あたし、ちょっとだけ、綺麗になったのでなかろうか）

と、秘かに思うことがあるようになっていた。

以前よりもふっくらとして、血色もよくなったようだし、硬さがとれたような気がしていた。とすれば、長谷川とあんなことを繰り返しているからに違いない。女が結婚すると、いちだんと綺麗になるという。あれと同じなのだ。事実、私は、長谷川と結婚しているようなものなのだから。私は、もうそういう自分自身を不幸だとは、思っていなかった。弟が、三十万円を無くしてくれたればこそ、こういう幸せを摑むことが出来たのである。しかし、長谷川とは、あと三ヵ月足らずで別れなければならないのだ。約束でもあり、もし、その後も、長谷川とこういう関係を続けたら、大義名分が立たなくなる。大義名分なんかどうでもいいけれども、そのために、私自身の一生を台なしにしてしまう恐れがあるのだ。それでは、困るのである。第一、長谷川のような二号も三号も持っている男と、当座の愉しみだけのために、あと二年も三年も同じ関係を続けていくことは、許されない筈なのである。現に、私は、自分にその資格がないとわかりつつ、ともすれば、長谷川の二号と三号に対して、ヤキモチを感じることがあるようになっていた。これでは、愉しみよりも、苦しいだけである。私は、三ヵ月後にそなえて、長谷川との関係を、本来の事務的にしようと思いはじめたのは、その頃からであった。そうすれば、別れたあとだって、それほど苦しまずにいられるだろう。そのくせ、私は、アパートで寝るとき、

（ひょっとしたら、今夜、長谷川さんは、銀座の女と……）

と、想ったりして、胸を苦しくすることもあるのだった。

信濃みち子とのことは、その後、どうなったのか、私は、聞いていなかった。長谷川も、口にしなかった。が、たった一度だが、銀座を歩いている信濃みち子の姿を見たことがあった。そのとき、信濃みち子は、一人ではなく、四十歳前後の紳士と歩いていた。私は、気づかれないように、その後をつけて、二人がバーの中へ入って行くのをたしかめた。次に会ったとき、私は、長谷川にそのことをいった。

「そうかね。」

長谷川は、たいして関心がないようにいった。

「でも、心配なんでしょう？」

「何んのことだ。」

「結婚なさるかも知れない人が、そんな男と歩いていて。」

「そんなことを、いちいち気にしていられるもんか。」

「それもそうね。」

私は、長谷川に、信濃みち子と結婚する意志がそれほどにないように思われて、あっさり妥協した。

「しかし、だよ。」

「なんですの？」

「僕が、もしあの女と結婚したら、会社が資金的に随分とたすかるんだよ。」

「………。」

「先輩が、というのは、あの女のお父さんなのだが、事業資金として千万円ぐらい出してもいいといってくれているんだ。」

「千万円も？」

「今、千万円あればたすかるからな。」

「会社、お困りですの？」

「というほどでもない。ただ、この前、君が東京駅まで送ってくれたときの大阪行きの仕事……。」

「難かしいお仕事だといってらしったわね。」

「失敗に終ったんだ。」

長谷川は、苦笑した。私は呼吸を詰めるようにして、長谷川を見た。

「妙な顔をするなよ。」

「だって……。」

「いいんだよ。そんな顔をしなくっても。」

「すると、結局は、信濃さんとご結婚なさるんでしょう?」

「わかるもんか、そんなこと。」

長谷川は、珍しくちょっと不機嫌にいって、

「ただし、君との仲が続いている間は、結婚しないから。」

「そうして。そのかわり、あたし、もう何んにも買って頂きませんから。」

私は、その後、長谷川から、洋服とか、靴とか、ハンド・バッグなどを買って貰っているのだった。ただし、それが新品であることを、弟に気づかれないように、いろいろと苦労しているのである。

「そんなに気を使う必要がないのだ。それほど貧乏しているわけでもない。」

長谷川は、笑っていった。そういうときの長谷川は、たのもしい男だった。私は、かねてから長谷川を、一流の社長さんだ、と信じていた。すくなくとも、私の会社のどんな重役よりも、長谷川の方が立派に見えた。

その後、洋子と和気との仲は、完全に切れてしまったようだった。勿論、洋子は、私のところへ、一切寄りつこうとはしない。すれ違っても、つんと顔をそむけるだけである。そして、近頃では、営業の芳村達夫と親しくしているらしいのである。社員食堂でも、並んで食事をしていることがあるし、いっしょに帰って行くこともある。

和気の方は、相変らず、遠くから私を見ている。親しい女友達をつくったようでも、また、

つくろうともしないでいるようだった。いつかは、私の関心が自分に戻るものと信じて、じいっとそれを待っているらしいのである。そういう和気を見ることは、私にとって、辛いことだった。何んとか、言葉の一つもかけてやりたくなってくる。きっと、喜んでくれるだろう。長谷川は長谷川として、和気とも、と思わぬでなかった。それほどの芸当が出来ぬ筈がないのである。かりに、そうしたところで、長谷川は、憤ったりはしないだろう。また、正面切っていえば、長谷川にその権利がない筈なのである。しかし、私には、そういう真似が出来なかった。またそれでは、和気に悪いのである。

(和気さんと交際を再開するのは、長谷川さんとの関係が切れてからだわ)

私は、いつか、そうと決めていた。もし、それまでに和気の気持ちが私から去ってしまっていたら、あきらめるより仕方がないのである。長谷川と別れ、和気にも去られたら、そのときこそ、私の本当の苦しみがやってくるに違いない。しかし、私は、その苦しみを噛みしめ、堪えるべきだ、と思っていた。それくらいのことは、当然なのである。そう思いつつ、私は、一方で、

(和気さんに、何も彼も話したら……)

と、思っているのだった。

その上で、和気が許してくれたら、喜んで結婚するのに、とも。

しかし、これはあまりにも虫のいい希望であることは、わかっていた。和気が、口で許してくれても、心では、絶対に許してくれないだろう。そういうシコリが、一生ついてまわる

に違いない。かりに、私が、和気の口から、私のようなことを告白されたら、絶対に許さないだろう。とすれば、和気にそういうことを要求してはいけないのである。

（もし、和気さんと結婚したかったら、黙っていることだわ。一生、黙って押し通すことだわ）

あきれたことに、私は、そういうことを半ば真剣に考えていたのである。

卓上電話のベルが鳴っている。私は、受話器を取った。

「矢沢さんに、渋谷の加代さんからです。」

交換手がいった。

「加代？」

私は、とっさに思いつかなかった。

「矢沢さん？」

女の声が聞えて来た。

「はい、矢沢ですけど。」

「あたし、長谷川の……、加代、よ。」

「ああ。」

私は、やっと思い出した。いつか、長谷川に連れられて行った渋谷の料亭「加代」のおかみさんであったのだ。いってみれば、私のライバルでもある。私は、緊張した。

「お元気？」

「はい。」

「そう、よかったわね。ところで、今夜、あなた、空いてない？」

「どういうことなんでしょう。」

「あたし、今、ふっとあなたのことを思い出したんですよ。そうしたら、無性にお会いしたくなってね。」

「…………」

「晩ごはんを食べにいらっしゃらない？」

「…………」

「気がすすまないんなら仕方がないけど。」

「いいえ。」

「よかったわア。じゃア、六時頃にね。お待ちしていますよ。」

四

私は、その夜、五時四十分頃に渋谷駅で下車した。場所は、だいたい覚えていた。それにしても、どういうわけで、あのおかみさんが、私を食事に誘ってくれたのかわからなかった。わからないままに出て来たことを、私は、今頃になって後悔していた。しかし、私は、長谷川の女のうち、渋谷の女の方が、銀座の女よりも好きであった。この前だって、割合いに私に優しくしてくれたのである。尤も、あの頃には、私と長谷川との関係を知らなかったからでもあろうが。

（でも、今は？）

しかし、知っているにしては、あの電話の口調には、トゲがこもっていなかった。勿論、私は、すぐ長谷川へ電話をしたのである。が、長谷川は、昨夜から急にまた大阪へ行っていて留守だった。いつも、私に連絡してから行くのだが、こんどは、そういう余裕がなかったのであろう。そのことは、長谷川の会社の業績が、それほどよくないことを示しているようで、私の胸を不安にした。尤も、かりに、長谷川の会社が、明日つぶれても、三十万円は貰ってあるのだし、私には痛くも痒くもない筈なのである。しかし、つぶれた会社の社長としての長谷川の姿を見ることは、辛過ぎるのである。長谷川のことだから、勿論、いつかは立ち直るであろうが、しかし、長谷川のような男には、いつだって、金に余裕のある社長として、悠悠としていて貰いたいのである。

（嫌だわ、あたし、長谷川さんの会社がつぶれるものと決めてかかっている）

会社をつぶさないためには、あの信濃みち子と結婚すればいいのである。

私は、やっと「加代」の前にたどりついた。きっちり六時になっていた。玄関の戸に手をかけかけて、ふっとためらうものがあった。このまま、逃げて帰りたくなっていた。私は、その気になりかけた。が、そのとき、中から玄関の戸が開かれて、

「あら……。どなたさまでしょうか。」

と、女中らしい女が、いぶかるように見ていった。

「矢沢章子ですけど。」

私は、いってしまった。

「矢沢さんですね。」

「今日、ここのおかみさんからお電話を頂いたんです。」

「ああ。」

女中は、知っていたようだ。あらためて、私の顔を見るようにしてから、

「どうぞどうぞ。おかみさんは、お待ちになっていますよ。」

と、手を取らんばかりにした。

こうなったら逃げられるものでなかった。その頃から、私の胸に不吉の予感のようなものがひろがっていた。私は、重い心で、スリッパを履き、女中の後にしたがった。

私が案内されたのは、六畳ぐらいの粗末な部屋であった。長谷川といっしょのときとは、雲泥の相違である。そんなことはどうでもいいようなものだが、せっかく人を招きながら、軽く扱っているようで、面白くなかった。

「すぐ、おかみさんが参りますから。」

女中は、そういって、部屋から出て行った。

他の部屋からは、宴会がはじまっているらしい陽気な気配がしていた。その後、女中がお茶を持って来たっきり、五分たっても、十分たっても、おかみさんが現われなかった。お料理も運ばれなかった。これでは、いよいよ歓迎されざる客のようだ。私は、帰りたくなっていた。同時に、この東京には、私の味方である長谷川がいないのだ、というようなことが思

われて心細くなっていた。

やっと、襖の外で、スリッパのとまる音が聞えた。私は、坐り直すようにした。襖が開かれた。

「今晩は。」

そういって入って来たのは、思いがけなく、銀座のバー「芝」のマダムであった。

第九章　打たれる

一

私は、狼狽した。まるで、悪いことをしているところを見られたように、落ちつきを失ってしまった。

「しばらくね。」

マダムは、そういうと、私の前にペタッと坐った。笑っていた。しかし、その目は、すこしも笑っていなかった。また、唇許に漂う微笑も、皮肉、あるいは、さげすみのためのそれのようであった。

「はい。」

私は、答えたけれども、この女が、どうしてこの家にいるのか、わからなかった。いってみれば、二人は、犬猿の仲の筈である。

「お元気？」

「はい。」

「らしいわね。だって、すっかり女らしくなったもの。」

「…………」

「長谷川のせいね。」

「…………」

「ときどき、可愛がって貰ってるんでしょう？」

私は、強い目で、マダムを見た。が、マダムの目は、それ以上に強く、まるで射るように私を見ていた。私は、あわてて、目をふせた。

「どうして、返辞をしないの？」

「…………」

「ほッほッほ。答えられないらしいわね。それでも、やっぱり、恥かしいのね。」

「…………」

「思い違いをしないで頂戴。あたしが、今夜ここにいるのは、全くの偶然なんですからね。何も、あんたみたいな小便臭い娘をいじめるために、わざわざ、銀座からやってくるほどの物好きではありません。」

私は、あっと思った。そうであったのか。マダムの言葉によって、却って、二人の女にはかられたのだ、と知った。そのために、私を呼んだのだ。しかも、長谷川の留守のときを選んで。

(卑怯だわ)

私は、憤りを感じた。

(負けるものか)

そう思った。

やがて、ここのおかみさんも姿を現わすに違いない。いったい、海千山千ともいうべき二人の女を相手にして、私は、どうたたかえばいいのだろうか。とうてい、勝ち味がない。私は、負けるものか、と思いつつ、一方で、逃げて帰りたくなっていた。

「あんた、長谷川からいくら貰ってるの?」

「…………」

「どうして、答えないの?」

「…………」

「要するに、あたしたちは、同じ穴のムジナじゃアありませんか。」

私は、違います、と叫びたいくらいだった。こんな女と、同じ穴のムジナと思われるなんて、考えるだけでも、ぞうっとしてくるのだ。

「ですから、あくまで、共同戦線を張ることが必要だし、その方が得なのよ。」

「…………」

「それとも、あんたは、自分だけ別だ、と思ってるの?」

「…………」

「だとしたら、うぬ惚れもはなはだしい、ということになるわよ。」

「…………」

「まァ、若いから無理もないけど。」

「…………」

「それに、長谷川のあの手練手管にかかったら、あんたなんか、一コロね。」

「…………」

「とにかく、長谷川って、相当な悪党なんですからね。」

「長谷川さんの悪口をいわないで頂戴。」

私は、きっとなっていった。どんなことだって我慢するつもりでいるが、長谷川の悪口をいわれることだけは、我慢が出来なかったのである。マダムは、むっとしかけたのだが、それではまずいと思い返したらしく、

「ほッほッほ。」

と、笑っておいて、

「あんた、まるで、長谷川の貞女みたいな口を利くわね。自分だけが、長谷川の女みたいな口を利くわね。」

「違います。」

「どう違うのよ。」

私は、詰った。いや、いおうと思えば、いくらでもいえるのである。しかし、そんなことをいうのは、嫌だった。長谷川と私との関係は、あくまでも、二人だけの秘密にしておきたかった。他人には、一切、触れて貰いたくないのであった。

「どう違うのよ。」

マダムは、重ねて、つめ寄るようにいった。私は、ふてくされたように横を向いた。

「あんた、何んにも知らないのね。」

「…………」

「長谷川が、あたしとの寝物語に、あんたのことを何んといっているか、おしえて上げましょうか。」

私は、それだけで、あかくなった。同時に、長谷川は、この女と、しょっちゅういっしょに寝ているのであったと、胸をえぐられるような嫉妬を感じていた。それにしても、長谷川が、私のことを、この女との寝物語にしていようとは、実に心外であった。私とのとき、長谷川は、そういうことを一切口にしないのである。また、私だって、聞きたくなかった。

「あんたって、とってもしつっこいんだってね。」

「…………」

「小娘のくせに、あきれたもんだ、といっていたわ。」

「…………」

「それから、何んでもやたらに買ってくれというそうだし。」

「………」

「お金だって、やたらに欲しがって、始末に負えない、と。」

「………」

「つくづく、嫌気がさした。近いうちに別れようと思っている。」

「………」

「あたし、それを聞いたから、今夜は、あんたの味方になって上げて、うんと手切金を取って上げようと思ってるんだわ。」

「………」

「親切な女でしょう?」

マダムは、恩着せがましくいった。

しかし、私は、すでに、マダムの嘘に気づいていたし、落ちつきを取り戻していた。はじめのうち、長谷川が、本当に、私のことをしつっこい女、と思っているのだろうかと、胸を惑乱させていたのである。しかし、私は、最初の三十万円以来、自分から長谷川に金をせびったことは、一度もないのだ。やたら物を買ってくれといった覚えもない。今、持っているハンド・バッグだって、長谷川が自発的に買ってくれたものである。要するに、マダムは、嘘をついて、私から何かを探り出そうとしているのだ。そういうマダムを、私は、気の毒とも、哀れとも、思いはじめていた。

「はい。」

私は、澄まし込んでいってやった。

「だと思ったら、恩に着なさい。」

「あたし、せっかくですけど。」

「何んですって？」

「あなたから恩に着せられることは、何一つとしてないんです。」

「手切金をたくさん貰って上げる、といっているんですよ。」

「どうか、そのご心配なく。」

マダムは、じいっと私を見て、

「それじゃアあんたは、長谷川から、まだ、別れ話を聞いていないとでもいうの？」

「はい、全然……。」

「そんな筈がないわ。」

マダムが叫ぶようにいったとき、襖が開いて、この家のおかみさんが入って来た。

私は、あらためて、緊張した。一人の敵が、二人にふえたようなものなのだ。私は、坐り直すようにして、新しい敵を迎えた。

二

「人が親切にいってやってるのに、とっても強情なんですよ。」

マダムがいった。

「そこで、聞いていたけど。」

おかみは、そのまま、私の前に坐り、はじめて気がついたように、

「あら、お茶も出さないで。でも、あとで、どうせいっしょにご飯を食べるんだから、それまで我慢していなさいね。」

「あたし、ご飯はいりません。このまま、帰らして頂きます。」

「まア、いいじゃアないの。ゆっくりしていらっしゃいよ。」

おかみは、軽くあしらうようにいっておいて、

「あんた、本当に、長谷川から別れ話を聞いていないの？」

「聞いておりません。」

「ふーん。」

おかみは、マダムを見た。マダムは、見返している。それだけで、二人の間に通じるものがあるようだったが、私には、何んのことか、見当がつかなかった。やがて、おかみは、私の方を見て、

「でも、そのうちに、きっと、そういう話が出るわよ。」

「…………」

「あんた、月月いくら貰ってるの？」

「…………」

「どうして、答えないの？」

おかみは、声を荒くしかけたのだが、それではまずいと察したらしく、

「これでも、あんたのためを思っていって上げてるんだよ。」

「あたし、放っといて頂きたいのです。」

横から、マダムが、

「ほら、この通り、とっても憎らしいんだから。」

「いいから、あたしにまかせておきなさいよ。」

いっておいて、おかみは、私の方に向き、

「あんただって、長谷川の会社が、近頃、調子の悪いことを知ってるでしょう?」

私は、頷いた。同時に、長谷川のこんどの大阪行きも、それに関係があるに違いない、と思っていた。可哀そうに。しかし、その長谷川は、自分の留守中に、自分に関係のある三人の女の間に、こういう場面が展開されていようとは、夢にも思っていないだろう。

「こうなったら、何も彼も隠さずにいうけどね、長谷川から別れ話が出ているんだよ。」

私は、そこまでは考えていなかった。かりに、そのことは、長谷川の会社の不況を意味するものであっても、そのことを別にして、長谷川がこの女たちと別れてくれることは、嬉しかった。いい気味でもあった。そうなれば、すくなくともあと三ヵ月は、長谷川は、私一人の男になってくれるのである。

「で、多分、あんたもそうだろうと思って、呼んだんだよ。」

「いいえ、あたしには。」

「だけど、そのうちに、きっと、出るよ。だから、今のうちに、三人が共同戦線を張って、えこひいきなしに、取れるものは取っておいた方が得でしょう?」

「あたし、そんな気がありません。別れる気も、手切金を頂く気も。」

「バカだね、あんたは。今のうちなら、まだ、取れるんだよ。取れるうちに取っておかなかったら損じゃアないの。」

結局、この二人は、長谷川に対して、こういう気でいたのだ。私は、二人の正体を見たと思った。しかし、私は、違うのである。そうと気がつくと、もうこの二人が、すこしも恐いとは思わなくなった。

「それとも、あたしたちのいうことが諾かれない、というの?」

「はい。」

「理由をおっしゃい。」

「あたし、長谷川さんが好きだからです。」

「あたしたちだって、あの男が好きなんだよ。」

「でも、あたしは、あなた方とは違います。」

「へええ。大変な自信だね。いったい、どう違うというのか、後学のために聞かせて貰いたいね。」

「………」

「おっしゃいよ。」

「あたし、長谷川さんから、今更、お金を貰おうとは思っておりません。」

「すると、あんたは、長谷川から一円も貰っていないとでもいうの？」

「………」

「貰っているんでしょう？」

「………」

「いえないの？」

「はじめに……」

「はじめに？」

私は、迷った。が、こうなったらいってやれ、という気になってしまった。いつまでも、この二人に押し捲くられているだけでは、口惜しいのである。

「はじめに、どうなの？」

「三十万円頂きました。」

「まア、三十万円？」

二人は、顔を見合わせた。マダムが、

「長谷川が、あんたみたいな小娘に、三十万円も出したというの？」

「でも、それ以後、まとまったお金は、頂いておりません。」

「それは、どういうことなの？」

「そういう約束で、頂いたのです。」

「だったら、好きだとか何んとか、偉そうなことをいったたって、結局、お金のためにくっついたんじゃアありませんか。」

「でも、今は、好きです。」

「もう、わかったわよ。とにかく、この際、あんた、長谷川と別れなさい。」

マダムは、命令口調でいった。

「嫌です。」

「あんたって、わからない女だね。」

「いいえ。」

「黙ってお聞き。」

マダムは、高飛車にいって、

「長谷川が、あたしたちとだけ別れて、あんたと別れないなんて、そんなこと、あたしたちのプライドが許すとでも思ってんの？」

「そんな、あなた方のプライドなんて、あたしに関係がございません。」

「生意気をいって。」

マダムは、私を睨みつけた。

「あたし、帰らして頂きます。」

立ち上りかける私の膝に、おかみが、手を置いて、

「まア、お待ち。」

と、とめておいて、

「あたしたちは、こう見えても、三年五年と長谷川と続いた仲なんだよ。昨日や今日のあんたとは、ちょっと意味が違うんだよ。」

「それは、わかります。」

「もし、その長谷川が、あんたがあるために、あたしたちと別れようとしているのだったら、あんた、あたしたちに申しわけがないと思わないの？」

二人のいうことは、さっきから、前後矛盾だらけのようだ。しかし、私が、それを指摘したところで、この際、無意味であろう。

「思いませんわ。」

「そう。あんたって、そういう女だったの。」

おかみは、あらためて、私を見た。そこに、ぞうっとするような憎しみがこもっていた。

私は、身ぶるいを感じた。しかし、私は、負けてなるものかと、

「こういう女でしたの。」

と、わざと、うそぶくようにいった。

「では、あたしが命令します。あんた、今夜限りで、長谷川と別れなさい。」

「あたし、そんな命令なんか諾きません。」

「会社へいっていくわよ。」

「えっ？」

「あんたの会社へ、あんたが、こういうことをしているといって行く、といっているんだよ。」

おかみは、勝ち誇ったようにいった。そういうことまでは、考えていなかった私は、足許を掬われたような気がした。もし、会社で、そういう噂がひろがったら、私は、どんなに肩身のせまい思いをしなければならないかわからないのである。当然、和気の耳にも入るだろう。そして、和気の口から、更に、弟の耳へも。それこそ、弟を必要以上に苦しめることであり、ために、姉弟の仲にヒビが入るようにならんとも限らないのである。また、和気のことも絶望になってしまうのだ。

「卑怯ですわ、そんなことを。」

私は、叫ぶようにいった。

「元より、それは承知の上だけどね。」

おかみは、せせら笑うようにいった。私は、口惜しかった。が、急所をおさえられるように、手も足も出ない感じになっていた。

「どう、別れる?」

「…………」

「そのかわり、あたしたちから手切金の五万円や十万円は、取って上げるわよ。」

「…………」

「別れるわね。うん、というわね。」

しかし、そのように念を押されると、私は、ますます長谷川と別れる気になれなくなってくるのだ。長谷川とは、あと三ヵ月なのである。そのあとは、どんなに苦しかろうとも別れる決心でいる。別れなければならないのだとかねてから自分の胸にいい聞かせてある。その三ヵ月のために、ここで我を張ったら、恐ろしい結果を招くことになるのだ。そしてまた、私は、この場は、一応、ゴマ化しておいて、とも考えぬでなかった。しかし、そういうゴマ化しは、自分を裏切るだけでなしに、長谷川をも裏切ることになりそうで、嫌だった。かりに、あとで、長谷川の諒解が得られるとしても、私の本心ではなかった。そのとき、私は、長谷川とのあと三ヵ月のために、何物をも犠牲にしていい、という気になっていた。

「お断わりします。あたし、長谷川さんとは別れません。」

「あんた、これほどいっても、まだ、わからないの？」

「わからないのは、あなた方の方です。あたし、帰らして頂きます。」

「お待ち。」

マダムが鋭くいって、次の瞬間、私は、右の頰を強く打たれていた。中腰になりかけていた私は、そのあまりの痛さに、うしろへよろめきそうになったほどであった。私は、かっとなった。打ち返してやろう、と思った。しかし、私は、かろうじて自制した。打たれた頰をおさえながら、

「さようなら。」

と、冷静にいって、立ち上った。

こんどは、二人共何もいわなかったし、部屋から出て行く私を、ただ見ているだけであった。

三

私は、その翌日から毎日のように長谷川の会社へ電話をした。しかし、五日間になるのに、長谷川は、まだ帰っていなかった。

「いつ頃、お帰りになるのでしょうか。」

私は、恥を忍んで、すがりつくように聞いた。

「さア、わかりません。」

交換手は、私が、あんまりしつっこくいうので気を悪くしたのか、突っ放すようにいった。

「すみません。」

私は、頭を下げて、受話器を置いた。

長谷川の出張が、このように永びいているのは、結局、大阪での仕事がうまくいってないことを意味しているようで、心配で仕方がなかった。

長谷川に会ったら、いいたいことがいっぱいあった。真っ先に、あの二人にいじめられたことをいわなければならない。そして、打たれたこと。今でも、あのときの痛さが、まだ皮膚の底に残っているようで、思い出しても口惜しいのである。腹が立ってくる。しかし、私は、我慢したのだ。それも、長谷川のために、という思いが胸底にあって、私は、一種の自己陶酔にひたっているようであった。更に、私は、二人の前で、長谷川と別れないと宣言したことをいって、ほめて貰いたかった。しかし、会社の不況で、四苦八苦している長谷川にとって、私のそういう話は、あるいは、煩わしいだけかもわからないのである。それを思うと、私の心は、たちまち、沈んでくるのであった。

更に、私は、長谷川とのことが、あの二人のどちらからか、会社の誰かにいわれているのではないかと冷や冷やして暮さなければならなかった。そのことでは、すでに覚悟を決めた筈なのに、やっぱり、辛いし、困るのである。しかし、長谷川と別れる辛さに比較したら、まだ、我慢出来そうな気がしていた。

（あくまで、事務的のつもりであったのに）

私は、溜息をつきたくなっていた。一方で、はじめに六ヵ月なんて契約にしないで、一年ということにしておけばよかったのだ、と思ったりしていた。

その日、会社がひけて、外へ出たが、まっすぐにアパートへ帰る気にもなれないし、といって、誰かを誘って、銀座へ出る気にもなれなかった。勿論、和気は敬遠しなければならぬのである。

その後の和気は、相変らずであった。ただ、遠くから悲しげに私を見ているだけなのである。そういう和気に対して、私は、いつでも冷めたく振る舞っていた。

私は、たそがれの空を見上げて、

（東京には、今日も、長谷川さんがいらっしゃらないんだわ）

と、切実に思っていた。

（長谷川さんのためにになら、あたし、どんなことでもして上げたいのに）

しかし、私には、何んにもしてやれないのである。もし、長谷川が喜んでくれるなら、今からすぐにでも大阪へ飛んで行って、慰めてやりたいのであった。しかし、そういうことを喜ぶ長谷川だとは思われなかった。この前だって、私が、いっしょに連れてって、といったら迷惑そうであった。

そのとき、私は、閃めくように思った。

（そうだ、浅草の観音さまへお詣りしてこよう）

これは、いつか、長谷川が、

「僕には、妙な癖があってね。何か、新しい仕事を始めるときや、困難な仕事にぶっつかると、浅草の観音さまへお詣りに行くんだ。」

と、てれ臭そうにいっていたのを思い出したからであった。

長谷川のために、長谷川のかわりに、浅草の観音さまへお詣りに行ったら、長谷川だって、きっと喜んでくれるだろう。そして、浅草の観音さまだって、まるで、貞女のようになっている私の気持ちを察して、いくばくかのご利益をあたえて下さるのではあるまいか。私は、決心すると、すぐ地下鉄に乗った。

浅草の仲見世通りは、賑わっていた。

（あたしがここへくるのは、何年振りだろうか）

五年、あるいは、もっと来ていないかもわからない。私は、仲見世通りを歩きながら、子供の頃、父と母に連れられて来たこともあった、と思い出していた。そのときは、弟もいっしょであった。思えば、あの頃が、いちばん幸福であったようだ。幸福な家庭の見本のようであった。その一員であった私が、今頃、こういう思いで、浅草の観音さまをお詣りにくるようになろうとは、いったい、誰が想像したろうか。地下の父や母も、こんな私を、何んと思いながら見ているだろうか。弟は、ゴマ化せても、地下の父や母をゴマ化すわけにはいかないのである。しかし、今の私には、どうにもならないのである。

（お父さん、ごめんなさい）

（お母さん、ごめんなさい）

心の中で、そのようにいって詫びるのほかはなかった。

私は、観音さまの階段を上って行った。が、そのときには、もう長谷川のためを思う女になり切っていた。私は、お賽銭箱に百円を入れて、合掌した。

「観音さま。長谷川電器の社長長谷川さんは、目下、会社が不況で困っておられます。一日も早く、昔のようによくなるようにして上げて下さい。お願いいたします。」

ちょっと、間をおいて、

「長谷川さんと私とのことが、会社に知れませんように、そして、あと三ヵ月間、長谷川さんにうんと可愛がって貰えますように。」

私は、深く頭を垂れた。

四

お詣りしたことで、私は、何かの義務を果したように、気が楽になった。お腹が空いていた。そこらで、ラーメンでも食べて帰るつもりで、西参道商店街から六区の方へ歩いて行った。弟は、残業があるから、外で食事をすまして帰る、といっていたのである。が、残業をしている筈の弟に、私は、ばったり会ってしまった。弟の方が先に私を見つけ、

「お姉さん。」

と、声をかけて来たのである。

「あら。」

しかし、弟は、一人でいるのではなかった。二十一、二歳のビジネス・ガール風の娘といっしょだった。

「お姉さん、どうして、今頃、こんなところ歩いているの？」

「久し振りで、観音さまへお詣りに来たのよ。」

「へええ。珍しいこともあるもんだね。」

弟は、からかうようにいった。

「そう。たまには、ね。」

私は、弟に負けないようなはしゃいだ口調でいいながら、弟の横で、何んとなくもじもじしている娘の方を、ちらっちらっと見ていた。貧しい家の娘と一目でわかる。その点、私と

ても、同じであったろう。同時に、私は、この娘を、どこかで見たような気がしていた。

（どこでだろうか）

しかし、咄嗟には、思い出せなかった。

「お姉さん、紹介しておこう。」

「いいわ。」

「僕の会社の得意先の会社に勤めている小沢咲子さんだ。」

「そう。姉ですの。どうか、よろしく。」

「あたしこそ。」

小沢咲子は、あかくなりながら頭を下げた。

「お姉さん、これからどうするの？」

「そこらで、ラーメンでも食べようと思っていたところなのよ。」

「しまった。僕たちは、さっき、そこですまして来たところなんだ。もうちょっと待っていれば、おごって貰えたのに。」

「そうよ。でも、お茶ぐらい、いっしょに飲む？」

「まア、遠慮をしておくよ。」

「お姉さんだってその方がたすかるわ。」

「ちぇっ。」

弟は、舌打ちをして、

「では、お姉さん。」

と、小沢咲子を促して行きかけた。

「あんまり遅くなっちゃダメよ。」

「大丈夫だ。」

小沢咲子は、黙って会釈をして、弟といっしょに歩いていった。私は、しばらく歩いてから振り返った。二人は、人混みの中を、仲良く肩を並べて行く。

(恋人?)

そうと決ったわけではない。しかし、弟のあのはしゃぎようは、咲子に対して、相当以上の好意を持っているらしいようだ。

(弟も、もうそんな年頃になったのだ)

私は、そのことを喜んでいいのか、悲しんでいいのか、わからなかった。ただ、咲子がいい娘でありますようにと祈りたいのであった。

私は、歩きはじめた。が、数歩と行かないうちに、

「あっ。」

と、軽くいって、歩みをとめてしまった。

(あのときの娘なのだ!)

さっき、どこかで見たような娘だと思ったが、はじめて長谷川に連れられて代々木のホテルへ行ったとき、その帰りぎわに、玄関ですれ違った二人連れのうちの女の方に間違いがな

かったように思われて来た。

第十章　勝者・敗者

一

私は、その翌日も、嫌がられることを覚悟の上で、長谷川の会社へ電話をした。交換手は、もう私の声を覚えていて、こちらが要件を切り出す前に、

「まだです。いつ、お帰りになるかわかりません。」

と、まるで敵意のこもったような声でいった。

「すみません。」

私は、打ちのめされたように受話器を戻した。その受話器から、交換手たちの嘲笑の声が聞えてくるようであった。私は、二度と電話をしてはならぬのだ、と思った。社長の留守中に、毎日、そんな電話のあることが社内の噂になったら、社長の評判を悪くするだけであろう。ましてや、会社の業績が思わしくないときなのである。そのことが、社員たちにもおおよそ感じられているに違いない。そういうときであってみれば、いっそうつつしむべきなのだと、私は、強く自戒した。金策のために、大阪の街中を卑屈な思いに堪えながら歩きまわっているだろう長谷川の姿が、ともすれば、見えて来そうであった。恐らく、私のことなんか、忘れているだろう。

（でも……）

そうなのだ。長谷川が疲れ切って、たとえば喫茶店の椅子に重い腰を下ろしたとき、ふっと私のことを、ほんの数秒でも、思い出してくれるかもわからないのである。私は、そうと決めて、今の自分は、それで満足していなければならぬのだ、と思った。

長谷川が、今も金策に苦しんでいるのは、結局、あの信濃みち子と結婚の意志がないから、と考えてよさそうである。もし、結婚したら、みち子の父親が千万円を事業資金として出してくれる筈なのだ。長谷川は、いつか、今、千万円あればたすかるんだが、といっていた。よくよく、みち子が嫌いなのだろうか。あんなに美しい人なのに。尤《もっと》も、そのみち子は、四十歳前後の紳士と二人で、銀座のバーへ入って行ったのを、私は、見ている。あるいは、みち子の方で、すでに長谷川と結婚する意志を失ってしまったのかもわからない。

私は、会社で、仕事をしていても、そんな風に長谷川のことばかり考えていた。こんど会ったら、渋谷で、二人から打たれたこと、浅草へお詣りに行ったこと、その他、いいたいことがたくさんあった。そして、しっかりと愛して貰いたいと……。

しかし、今日は、その他に、弟のことが心配になっていた。弟のこと、というよりも、弟がいっしょにいた小沢咲子のこと、というべきであろう。

今では、あの小沢咲子こそ、代々木のホテルで見た女に間違いない、と信じていた。しかし、このことは、自分の秘密をまもるために絶対に口外してはならないのである。そこに、私の苦しみがあった。

昨夜、弟は、私よりも二時間ぐらい遅く帰って来た。

「お帰りなさい。」

私は、弟を迎えて、

「小沢さんとは、どこで、別れたの？」

と、何気ないように聞いた。

「彼女の家は、大久保なんだ。だから、家の近くまで送ってやったんだ。」

浮き浮きしているらしい弟の態度が、私を不安にした。

「あんた、以前から仲良くしていたの？」

「でもないな。でも、見られたから白状するけど、今までに二回、いっしょに映画を見に行っているんだよ。」

「どういう家のお方？」

「どうして、そんなことを聞くの？」

「何んとなく。」

「あの人は、可哀そうなんだよ。母一人、子一人の貧しい家なんだ。」

「…………」

「僕たちの場合は、姉弟二人っきりだけど、要するに、似たようなもんだろう？」

「…………」

「だから、お互いに話がよく合うんだよ。」

「あんた、好きなの？」

私は、思い切って、聞いてみた。

「好きになっては、いけないというの？」

弟は、私の口調から何かを察したらしく、ちょっと開き直ったようにいった。

「いけないなんて、いってないわ。だけど、気になるから、よ。」

「勿論、嫌いではないな。」

「だけど、まさか結婚しようなんて、思ってないでしょうね。」

「そこまでは、まだ、考えてないけど。」

「そうよ、あんたは、二十二歳なんだし、そんなことを考えるのは、早過ぎるわよ。」

「わかっているさ。でも、今のまま、交際を続けていて、二年ぐらいたって結婚するんだったらかまわないだろう？」

「ということは、あの人のお母さんの一生の面倒も見て上げることになるけど。」

「…………」

「大変なことよ、それは。」

「しかし、本当に好きになったら、その人のお母さんの面倒を見て上げるのは、当然のことだろう？」

「お姉さんは、反対。」

私は、きっぱりといった。弟は、顔色を変えて、

「だって、僕の結婚なんだよ。」

「だから、姉として。」

「お姉さんに、そういうことをいう権利があるの？」

弟は、詰め寄るようにいった。私が頭から反対したので、意地になりかけているようだ。

「権利なんかでなく、あなたのためを思って上げてるからだわ。」

「僕は、お姉さんを見そこなっていたらしい。」

「まア、何んてことをいうのよ。」

「僕たちはね、いつだって、貧乏しているし、淋しく暮しているから、お姉さんは、ああいう境遇の人に対しては、人一倍の同情心があるに違いない、と思っていたんだ。」

「それとこれとは、別よ。」

「別じゃないさ。とにかく、僕は、あの人が好きなんだ。これだけは、お姉さん、はっきりといっておくよ。」

そんな偉そうな口を利く弟に、私は、

（三十万円の恩を忘れたの）

と、叩きつけるようにいってやりたいくらいだった。

いや、それ以上に、あの娘がいけない具体的な理由をいいたいのだった。それをいえば、弟だって、思い直すに違いないのだ。しかし、いえないのである。それこそ、死んでもいえないのだ。が、それをいわないことのために、弟が、陰でだらしなく過ごしている女と結婚することになるかもわからないのである。だからといって、弟が不幸になると決っているわけでなかった。しかし、姉としては、弟に、そんな女と結婚して貰いたくないのである。もし、弟が、あの女と結婚したら、私は、顔を合わせるたびに、あのときのことを思い出すに違いない。一生そういう思いを繰り返させられるのは、どうにもやり切れたものでなかった。

（でも、あたし自身、あの人を責める資格がないいんだわ）

長谷川と別れたあと、いつかは、私だって、誰かと結婚する。もし、その相手の姉か兄が、何かのことから、私と長谷川のことを知っていたとしたら、どういう結果になるだろうか。私は、今更のように、自分のしていることの恐ろしさを感じさせられた。

（しかし、私の場合、特別だったんだわ）

そして、あるいは、あの小沢咲子にも、特別の事情があったのかもわからないのである。母一人、子一人の貧しい家庭だというし、有り得ないことではない。そのように考えてくれば、私は、寧ろ、咲子に同情すべきなのだ。が、そうとわかりつつ、私は、やっぱり、弟との結婚には反対だった。絶対に、反対だった。

私たちは、そのまま無口になり、背を向け合って寝た。私は、なかなか寝つかれなかった。弟も、そうらしいのである。やがて、弟は、向こうを向いたままで、

「お姉さん。」

「なに？」

「さっきは、ごめん。」

「いいのよ。」

「だけど、僕は、あの人が好きなんだ。本当なんだよ。」

「………」

「いけない？」

「………」

「ねえ。」

しかし、私は、目を閉じたまま、返事をしなかった。口でいえないことを、沈黙でいい現わしたつもりだった。弟は、むっとしたようだ。それっきり、黙り込んだ。私は、やがて自分から去って行くだろう弟を感じて、胸を切なくしていた。

二

うしろから肩を叩かれた。振り向くと、杉山洋子であった。

「なに？」

洋子は、ニヤニヤ顔で、

「あたし、今日限りで、会社を辞《や》めることにしたわ。」

「辞める？」

「結婚のために。」

洋子は、落ちつき払っていった。

「まッ、結婚なさるの？」

私は、あわて気味にいった。

「そうよ。それとも、あたしが結婚したらおかしい？」

「いいえ、そんな意味でなく……。おめでとう。」

「有りがとう。」

「どなたと？」

「あなたのご存じでない人と。」

「そう……。」

私は、和気を思い出していた。和気をこの洋子に取り持とうとして失敗した自分であったのだ。それでも、私は、そのうちに、和気と洋子が結ばれるようになるのではないか、と期待していたのだった。その癖、別の心は、それを嫌っていた。あくまで、私のために和気を残しておきたいのであった。この矛盾は、結局、私の虫のよさを現わす以外のなにものでもなかったろう。しかし、洋子が、他の男と結婚すると決ったとなると、私には、和気が重荷に感じられてくる。今後、ますます、私を見つづけるようになるのではあるまいか。

「和気さんのことだけど。」

洋子は、声を低くしていった。私は、黙って、洋子の顔を見た。それは、勝利者の顔であり、しぜん、私の顔は、敗北者のそれになっていたかもわからない。

「あらためていうまでもないことですが、たしかに、あなたにお返しいたしましたから。」

「いりませんわ。」

「では、どうなと、あなたのご随意に。」

「…………」

「ただ、お別れに一言。和気さんは、誰よりもあなたが好き。」

「…………」

「そんな和気さんを相手にしないなんて。」

「…………」

「そこに、どういう事情があるのか知らないけど、あんた、そのうちに、きっと、罰が当るわよ。」

そういうと、洋子は、さっさと出て行ってしまった。いつだって、妹のように思っていた洋子から、私は、完膚なきまでにやっつけられたようなものだ。が、それに対して、一言もいえなかったのである。まさに、自業自得なのだ。そうとわかりつつ、私の気持ちは、沈んでいくばかりであった。

(そのうちにでなく、すでに、あたしは、罰が当っているんだわ)

そもそもは、長谷川を好きになってしまったことがいけないのである。三十万円のために、長谷川とあんな契約をしたことは、仕方がないのだ。私は、自分が間違っていたとしても、人から責められようとは思わない。いったい、誰に私を責める権利があるだろうか。もし、長谷川との契約が成立していなかったら、今頃、弟は、自分で自分の生命を断っていたかもわからないのである。が、問題は、そのあと、事務的にと思いながら、こんなにも長谷川が好きになってしまったことにある。同じことをするにしても、嫌で嫌で仕方なしにするのであったら、私は、もっと気が楽であったろう。和気に対しても、それほど、良心の呵責《かしやく》を覚えないでいられたに違いない。思えば、こんな私にした長谷川が憎いのである。が、その憎い長谷川のために、私は、浅草へお詣りに行ったりしているのだ。最早、どうにもならない自分になってしまっていた。

「矢沢君。」

課長が呼んでいる。私は、課長の前へ行った。

「すまんが、この書類を部長室へ持って行って、すぐ決裁して貰って来てくれないか。」

「はい。」

「内容については、すでに諒解を得てあるんだから。」

「かしこまりました。」

私は、課長から書類を受け取って、廊下へ出た。早田総務部長は、取締役でもあるので、別室にいるのであった。

向こうから和気が歩いてくる。恐らく、杉山洋子が結婚のために辞めることは、もう知っているだろう。私は、顔をそむけるようにして、通り過ぎようとした。

「矢沢君。」

和気が呼びとめた。私は、歩みをとめて、

「杉山さん、お辞めになりましたわね。」

しかし、和気は、そんなことは、どうでもいいのだという顔で、

「話したいことがあるんだ。今夜、つき合って貰いたい。」

和気にしては、珍しく積極的ないい方であった。あるいは、洋子の辞めたことが、和気の心に、何かの影響をあたえたのであろうか、と思われるほどであった。

「あたし、今夜、困りますの。」

「だったら、ここでいう。」

「………」

「君が、弟さんのために借りたという三十万円のことだが。」

「それが、どうしたとおっしゃいますの？」

「誰からか、聞きたいのだ。」

「あなたに関係のないことですわ。」

「そうはいわさない。」

和気は、一歩踏み込むようにいって、

「僕にわかっているのだ。君の僕に対する態度の変って来たのは、そのことがあってからだと。」

私は、青くなりながら、

「違います。」

「違わぬ。いったい、誰からなのだ。」

「それを聞いて、どうなさいますの？」

「場合によっては、その三十万円、僕が出してもいい。」

「和気さんが？」

私は、わざと、あきれたようにいった。

「そう、僕が、だ。僕だって、必死になれば、三十万円ぐらいなら、何んとか出来る。」

私の心は、大きく動揺していた。弟から三十万円のことをいわれたとき、私は、和気にだけはいうまい、と思ったのである。かりにいったところで、和気に三十万円の金の工面が出来る筈がないと、頭から決めてかかっていたのだった。しかし、それは、私の思い違いであったようだ。そのために、私は、取り返しのつかぬミスをおかしてしまったことになる。そして、今の私は、そのミスのために、大きな喜びと大きな悲しみを、日日に味わっているのである。

「せっかくですけど、その問題は、もうすんでいますから。」

「いいや、すんでいない。」

今日の和気は、おどろくほど積極的であり、男らしいのだ。そのことよりも、私は、すんでいないといった和気の言葉の中に、

（和気さんは、おおよそを察しているのでは？）

と、感じさせられて、真っ青になりかけた。

誰に知られても、和気にだけは知られたくないと思って来たことなのである。私は、息苦しくなった。和気と向かい合っていることに、堪えられなくなった。

「あたし、課長さんから急ぎの用事をいわれていますから。」

逃げるように、和気の前をはなれた。

三

私は、部長室の扉にノックをしながら、まだ、胸の中が波立っているようであった。

（もう、これからは、和気さんを一切相手にしないことだわ）

そう思いつつ、和気の愛情の深さを、あらためて感じさせられていた。今日ほどの積極さを、せめて三ヵ月前に示してくれていたら、私は、いちばん大切なものを長谷川にでなしに、和気にささげていたかもわからないのである。しかし、今となっては、もう遅いのだ。私は、あきらめた。だいたい、そういうことを考えることからして、おかしいようなものであろう。

部長室の中から応答があった。私は、恐る恐る扉を開いた。部長室へ入るなんて、めったにないことだし、やっぱり、緊張させられていた。

中に、先客が一人いて、こちらに背を向けている。私は、入口でうやうやしく頭を下げながら、困ったことだと思っていた。課長からは、すぐ決裁のハンを貰ってくるようにいわれたのだ。

「何？」

部長が、私の方を見ていった。

「課長さんから、これに御印を頂いてくるようにいわれたんですけど。」

「持って来たまえ。」

部長は、気軽にいってくれたので、私は、ほっとした。私は、部長の方へ近寄って行きながら、先客のうしろ姿に、

(おや?)

と、思い、やがて、それが長谷川だと知ったとき、気も動転せんばかりにおどろいたのである。

はじめ、人違いではないか、と思ったほどであった。昨日までは、まだ会社に戻っていなかった長谷川なのである。それが、目の前にいる。しかも、私の会社の部長室にいるのだ。私は、そのとき、懐かしいというよりも、うろたえていた。この場を、どうしてゴマ化したものであろう、と必死であった。長谷川の方でも、声で、私とわかっていた筈なのに、振り向かなかった。

「お願いします。」

私は、部長に書類を差し出した。

「君、ちょっと失敬するよ。」

部長は、友達にでもいうようないい方をしておいて、書類に目を通しはじめた。

「どうぞ。」

長谷川も亦、友達にいうように答えて、煙草に火を点けた。

私は、ひどく緊張していた。部長の机の上に視線を落して、あくまで、長谷川の方を見ないようにしていた。が、長谷川は、どうやら私の方を見ているらしいのである。

そのときになって、私は、長谷川から三十万円の小切手を貰って、そのまま、東京駅へ送ってやったときのことを思い出した。長谷川は、私に自分の名刺をくれてから、私の会社を聞いた。私が、虎の門のK商事株式会社の総務課だというと、ちょっと、おどろいたようだったのである。私は、不安になって、

「ご存じですの?」

と、いうと、

「いや……。」

と、軽く否定したのだった。

しかし、今にして思えば、その否定のしかたにあいまいなところがあった。あるいは、部長と長谷川とは、年頃も似ているし、クラス・メートでもあるのだろうか。そして、長谷川が一ヵ月以上も私に手を出さなかった原因の一つになっているのかもわからない。それにしても、長谷川が、ここにいる理由が飲み込めなかった。友人なら、たまに会いに来てもおかしくない。が、今の長谷川は、そんなのんきなことをいっていられない筈なのである。

(部長さんに援助を求めに……)

私は、閃めくように思った。もうそうに違いないようだ。ということは、大阪での金策も、

うまくいかなかったのだろう。長谷川は、ここへくるまでに、きっと、あちらこちらで頭を下げたに違いない。ここへだって、私とのことを思って、あるいは、来たくなかったのかも……。

(可哀そうな長谷川さん)

私は、とうとう我慢出来なくなって、長谷川の方をちらっと見た。長谷川は、それを待っていたように、ニヤリと笑った。その大胆さに、私は、あかくなったが、しかし、めそめそするでもなく、そのように笑ってくれたことが嬉しかった。

部長は、書類に判を押して、

「ご苦労さん。」

と、私に還してくれた。

「有りがとうございました。」

私は、丁寧に頭を下げて帰りかけると、

「君、何んという名？」

と、長谷川がいった。

「矢沢章子です。」

「矢沢章子さんか。」

そのあと、長谷川は、部長に、

「なかなか、いいお嬢さんだね。」

「そうなんだ。」

部長は、あらためて私の方を見て、

「君、いくつになった？」

「二十四歳です。」

「だったら、まさに結婚適齢期だね。」

「そう。僕が貰いたいくらいだよ。」

「君が？」

部長は、冗談いうなといいたげに長谷川を見たのだが、

「ああ、君には、奥さんがなかったんだったな。」

「が、子供がある。だから、もし、子供がなかったらの場合だよ。君、どうも、失敬。」

長谷川は、私に頭を下げた。

「君、もう帰っていいよ。」

部長がいった。

私は、部長室を出た。長谷川が、どうしてあんなことをいい出したのか、わからなかった。が、書類を課長に渡してからも、同じ会社の中に、長谷川がいるのだと思うと、どうにも落ちつけなかった。こうなったら、長谷川の帰りを摑まえるだけだ。私は、何気ないように事務室を出て、会社の玄関に立った。いつまでも、そんなところに立っているのは気が引けたけれども、そんなことにかかわっていられないような思いだった。ここで摑まえなかったら、

次は、いつ会えるかわからぬような気になっていた。

十五分ほどたって、長谷川は、エレベーターから出て来た。私は、動かないで、長谷川の近寄ってくるのを待っていた。長谷川は、すぐに私に気がついて、微笑した。私は、長谷川のあとから外へ出た。

「かまわないのかい?」

長谷川がいった。

「五分ぐらいなら。」

長谷川は、頷いた。

「さっきは、びっくりしましたわ。」

「だろうな?」

「どうして、あんなことをおっしゃいましたの?」

「君が、あんまり真面目臭った顔をしていたから。」

「ひどいお方。」

「ちょっと、悪趣味だったかな。」

「そうよ。ごめんなさい、お留守中に、会社へ何度もお電話をしましたのよ。」

「いいさ。」

「大阪へ出張してらしてたんでしょう?」

「そう。」

「金策のために？」

「まア……。」

「あたし、だと思ったから、浅草の観音さまへお詣りに行って来ましたのよ。」

「君が？」

長谷川は、ちらりと私を見たが、

「有りがとう。」

と、素直にいって、

「しかし、君なんか、そんなに気をつかってくれなくていいんだよ。」

「でも……。」

「大丈夫だよ。」

「今夜、お会いしたいんですけど、いけません？」

「今夜？」

「ちょっとでも……。」

私は、すがりつくようにいった。長谷川は、しばらく考えていてから、

「では、九時に、いつものホテルへ行っていてくれないか。」

「嬉しいわ。」

「ホテルへは、僕から電話をしておくから。」

「はい。」

「そうと決ったら、早くお帰り。」

「はい。」

四

そのホテルは、目黒一帯が見おろせる高台に立っていた。長谷川とは、何度も来ているのである。女中は、私の顔を覚えていて、

「お電話がありましたから。」

と、二階の部屋へ案内してくれた。

まさか、こういうホテルで、顔が利くようになろうとは、夢にも思わなかった。これは、明らかに堕落を意味することであっても、今は、そんなことを考えたくなかった。

九時十分前であった。やがて、長谷川が現われるだろう。私は、長谷川が来たら、すぐお風呂に入れるように、湯を出しておいた。その湯の出る音を聞きながら、窓側の椅子に掛けて、目黒一帯の灯を見つめていた。その下には、それぞれ、家庭というものがあるのだ。しかし、今の私には、家庭というものがないも同然であった。勿論、弟と二人で暮していることも、家庭なのだ。過去の私は、それについて、すこしも疑わなかった。が、現在の私は、こういうようになってしまっているし、弟は、今夜だって、私の反対にもかかわらず、あの小沢咲子といっしょに歩いているかもわからないのである。それならまだいいのだ。万に一つ、小沢咲子は、いつかのように、中年の男と、どこかのホテルに行っているとしたら、も

う悲劇というのほかはないのである。

（悲劇……）

まさに、そうなのだ。そして、私も、弟も、悲劇を演じつつあるようなものである。それを考えると、行末が恐ろしくなってくるようだった。しかし、だからといって、あと三ヵ月足らず、私は、長谷川からはなれようとは、すこしも思っていなかった。かりに、長谷川が、あの二人の二号に別れ話を持ち出したように、私にもそれをいったとしても、私は、絶対に拒否する決心でいる。

そして、もう一つの悲劇は、私が、昼、長谷川と歩いているところを、和気に見られていることだった。和気は、何気なく窓から覗いて、私たちの姿を見たというのだ。

「あれは、誰だったのだ。」

和気は、玄関に待ち伏せていて聞いた。

「誰だっていいじゃァありませんか。」

私は、突っ放すようにいった。

「しかし、僕は、聞いておきたいのだ。」

「あなたの関係のないお方よ。」

「君が、あんなに親しそうにしていたからには、僕は、無関心でいられないよ。」

「おせっかいだわ。」

「もしかしたら……。」

「なによ。」

「君が三十万円を借りたのは、あの男からではなかったのか。」

私は、和気のかんの鋭さに舌を巻きたくなっていた。が、それを隠すために、わざと、ほっほっほ、と笑っておいて、

「そんなふうでは、和気さんに、私立探偵がつとまりませんよ。だって、まるで見当違いなんですもの。」

なおも、何かいいかける和気に、私は、くるりと踵を返した、そして、意識的に背中の表情を冷めたくしたのだった……。

廊下で、跫音《あしおと》が聞えて来た。長谷川に違いなかった。

第十一章　権利と義務

一

私の胸は、ときめいて来た。もしかしたら、新妻が良人の跫音を聞いただけでも、このようになるのではなかろうか。しかし、私は、長谷川に三十万円で、六ヵ月間買われた女に過ぎないのである。新妻ではないのだ。そのことが、幸せを目前にして、あらためて私を悲しませた。胸のときめきの処置に窮した。

（いいえ、それだけでは……）

そういいたいものが、たしかに私の心の奥底にあった。しかし、それをいってみたところで、どうにもならないのである。

ノックの音が聞えて、

「入ってもいい？」

と、いう長谷川の声が聞えた。

「どうぞ。」

私は、答えた。すぐ立って行って、扉を開いてやりたかった。が、新妻なら、きっとそうするだろうと思うと、却《かえ》って、それが出来なくなってしまったのである。あまりにも白白しいし、また、ここはアパートではなく、いわゆる連れ込み宿なのだ。私は、ふっと亡くなった母親を思い出した。母親が、どこかからこんな私を見ているような気がした。私は、そういう思いを打ち消すように強く頭を横に振った。

扉が開かれた。頭を横に振っているところを長谷川が見たらしく、

「どうかしたのか。」

「どうもしませんわ。」

私は、わざと冷めたくいって、長谷川を見た。長谷川の顔に、疲れが出ているようだった。恐らく、金策のために駈けずりまわっていたためであろう。

（可哀そうに）

長谷川は、扉を閉めて、近寄って来た。

「ご機嫌が悪いようだな。」

「いいえ。」

「あんまり、待たせたので？」

「違います。」

「しかし、いつもと違う。」

「そんな筈がありません。」

「僕の目は、節穴になったのかな。」

長谷川は、私の前の椅子に腰を下ろした。

「ごめんなさい。」

「何んのことだ？」

「抱いて下さる？」

私は、立って、長谷川の前へ行った。長谷川は、ちらっと私を見上げてから、頷いた。私は、長谷川の胸にしがみつき、目を閉じて、唇を求めた。私は、貪るように長谷川の唇を吸った。やがて、長谷川が、それに応じてくれた。それが終っても、

「もうしばらく、このままにいさして。」

と、私は、長谷川の膝の上をはなれなかった。

「いいとも。」

「重いでしょう？」

「何、わが物と思えば、だよ。」

「本当に、そう思っていて下さいますの？」

「思うさ。あと三ヵ月だけ。」

「三ヵ月だけね。」

「どうしたのだ、目を濡らしたりして。」

「自分でも、わかりませんの。」

長谷川は、胸のハンケチで、私の目を拭ってくれた。私は、目を閉じて、その愛撫を受けながら、

（あと、三ヵ月……）

と、思っていた。

「いくらわが物でも、そろそろ重くなって来たぞ。」

「あら。」

私は、あわてて立ち上り、

「お風呂へお入りになります？」

「君は？」

「ごいっしょに、と思って。」

「その前に、ビールが飲みたいな。二本ほど、いってくれないだろうか。」

「はい。」

私は、電話で、それを頼んだ。そのあと、さっきから気になってならなかったことを聞いた。

「お金の方、どうでしたの？」

「やっと、何んとかなりそうなんだ。」

それをいう長谷川の表情は、明るいようだった。

「よかったわア。」

「君が、浅草の観音さまへお詣りに行ってくれたからだろう。」

「では、近いうちにお礼に行きます。」

「頼む。」

「でも、本当によかったわア。」

「結局、友人達が心配してくれたんだ。」

「あたしの会社の部長さんも、そのお一人でしたの？」

「そうなんだ。しみじみ、友達って有りがたいと思ったし、平常が大事だ、とも。」

「はじめてお会いした日に、あたしが虎の門のK商事に勤めているといったときから、部長さんのこともご存じでしたのね。」

「まア……。」

「どうして、今日まで、おっしゃって下さいませんでしたの？」

「ちょっと、いえないよ。」

「あたしが、部長室へ入って行ったとき、びっくりなさったでしょう？」

「正直にいって、冷汗物だった。が、君が、うまくやってくれたから。」

「いいえ、長谷川さんこそ。」

「すると、お互様であったことになるな。しかし、あの部長さん、僕たちのことを知ったら、きっと憤るだろうな。そういう怪《け》しからん男のために、お金の世話をするのはお断わりだ、というかもわからない。」

「長谷川さんは、ちっとも悪くないのよ。だって、あたし、長谷川さんのお蔭で、たすかったんですもの、恩人ですわ。」

「あんまり世間に公表出来ない恩人だな。」

「公表する必要ありませんもの。」

「しかし、君のあの話が、もし今だったら、残念だが僕は、断わったろうな。」

「………」

「以前と違って、三十万円が大金になって来ている。」

「すみません。」

「バカだなア。今でなくて、あのときでよかった、といっているんだよ。」

「たとえ嘘でも、そのようにいって頂けると嬉しいわ。」

「嘘か本当か、わかっているだろう?」

「ねえ、もっとわかるようにいって頂きたいわ。」

私は、媚びるようにいって、目にモノをいわせた。長谷川は、すぐ私の意中を察して、

「よしよし、今夜は、まかせておいて貰おうじゃアないか。」

と、笑った。

私は、あかくなった。しかし、それ以上に、今夜への期待に、全身の血を熱くしていた。自分ながら浅ましいくらいだった。私をこんな女にしたのは、長谷川のせいなのか、それとも、私自身が、本来そういう女であったのか。しかし、もうどっちであってもかまわなかった。三ヵ月前に、私は、生れ変る決心をしたのだ。そして、三ヵ月後に、もう一度、生れ変る決心をすればいいのである。果して、そういう器用な真似が可能かどうか、自信がなかった。しかし、今は、それが可能と思っていることである。それが、私の幸せ、なのだ。幸せは、そう思うことによってのみあたえられるのだ。すくなくとも、現在の私には、そうであった。

ノックの音が聞えて、女中が、ビールとチーズを運んで来た。その女中が出て行くまで、二人は、黙っていた。

二

長谷川は、金策の方がうまくいくらしいとわかったせいか、うまそうにビールを飲んだ。私も、すこし飲んだ。

「あたし、お留守中に、渋谷へ呼ばれましたのよ。」

「渋谷へ?」

長谷川は、いぶかるように私を見た。

「大阪からお帰りになって、渋谷へいらっしゃいまして？」

「そんな余裕があるもんか。」

「では、銀座へは？」

「行かないよ。」

「こんどいらっしったら、きっと、あたしの悪口を聞かされましてよ。」

「どうして、君は、渋谷へなんか行ったのだ。」

「おかみさんから晩ごはんを食べにいらっしゃいといわれたんで、つい、ふらふらっと行ってしまったんです。」

「よせばよかったのに。」

「今は、そう思っております。ところが、渋谷には、銀座のママさんもお見えになってました。」

「あの女まで？」

「そこで、あたし、二人からさんざんにいわれたんです。」

「何を？」

「いろいろのこと。」

「と、いうと？」

「お聞きになると、きっと、嫌な思いをなさいますわ。」

「かまわんよ、あの女たちとは、別れる決心でいるんだから。」

「やっぱり、本当でしたの？」

「いっていたかね。」

「はい。そして、あたしに、手切金のことで共同戦線を張ろう、と。」

長谷川は、苦笑して、

「そういう女たちだったんだな。結局は、僕の不徳のいたすところだったのだろうが。」

「いいえ、長谷川さんは、立派よ。」

「君だけだな、僕のために、浅草まで行ってくれたりしたのは。」

「だから、あたしだけにしておいて。」

そこまでいってから、私は、はっと気がついて、

「ただし、あと三ヵ月間だけよ。」

「勿論、あと三ヵ月間は、僕に、君を自由にしていい権利があるんだからな。」

「そして、義務もよ。」

「義務？」

「もっと可愛がって下さる、よ。」

「よしよし、これからは、その方では、不自由をさせない。」

長谷川は、酔いがまわって来たせいか、昔の口調に戻って来た。

私は、あらためて、渋谷でのことを長谷川に話した。長谷川は、眉を寄せるようにして聞

いていたが、最後に、私が、銀座のマダムから打たれたことをいうと、

「打たれた？」

と、顔色を変えた。

「あたし、余っ程、打ち返してやろうかと思ったんですが、我慢して帰りました。」

「よく我慢したな。」

「その方がよかったでしょう？」

「そうとも。」

「でも、一つだけ心配なんです。」

「あの二人が、僕とのことを君の会社の誰かにいうといっていたこと？」

「はい。」

「大丈夫だ。何《いず》れ、近日中に最後の話をつけに行くつもりだが、その点は、よく釘を打っておくから。」

「お願いします。」

私は、頭を下げた。長谷川にさえまかせておけば、安心していていいだろう。私は、一つの肩の荷を降ろしたような気がしていた。が、もう一つの肩の荷は、弟と小沢咲子の問題なのである。誰に相談しようもないし、長谷川なら、相談に乗ってくれそうな気がしていた。今や、長谷川は、私にとって、そういう存在にもなりかけているのだった。私は、長谷川にお酌をしてやりながら、

「もし、お嫌でなかったら、弟のことで、聞いて下さいません？」

「いいとも。」

「弟が、恋愛をしているらしいんです。」

「ほう。いくつだったっけ？」

「まだ、二十二歳なんです。」

「二十二歳なら一人前だよ。」

「相手は、小沢咲子さんといって、母一人娘一人の貧しいB・Gなんです。」

「母一人娘一人か。」

「弟は、あたしたちと境遇が似ているんで、同情したんでしょうけど。」

「わかるな。」

「あたし、あなたのために浅草へお詣りに行ったとき、二人がいっしょに歩いていたので、はじめて、弟にそういう恋人のあることを知ったんです。」

「美人？」

「あたしぐらい。」

「だったら、美人の部に入るな。」

「ところが、あたし、その人をどっかで見たような気がしてならなかったんです。」

「……………」

「はじめて、代々木のホテルへ連れて行って頂いたときのこと、覚えていらっしゃるでしょう？」

「勿論。」

「あのときの帰りがけ、あたしたちといれかわりに入って来たアベック。」

「そういうことがあったな。」

「あのときの女が、弟の恋人にそっくりだったんです。」

長谷川は、信じられぬように私を見て、

「まさか。人違いだろう？」

「ところが、あたしには、どうしても人違いとは思われないんです。」

「………」

「といって、弟に、そのことをいうわけには絶対にいきません。」

「………」

「もし、いうとなったら、何処で見たか、ということになって、あたしが困ります。」

「そう……。」

長谷川は、しんけんな顔で、聞いていてくれている。

「ですから、あたし、そのことをいわないで、まだ若いんだし、結婚のことなんか考えないようにと弟にいったら、弟は、意地になりかけているんです。」

「結婚すると？」

「今すぐにではないが、やがては、その可能性がある、と。」

「………」

「あたし、小沢さんて人、どういう理由で、あんなホテルへ出入りしているのかわかりません。単なる浮気なのか、それとも、あたしのような事情のためなのか。」

長谷川は、ちらっと私を見たが、すぐに横を向いた。私にしても、横を向いて聞いてくれていた方が、気が楽であった。

「もし、あたしのような事情のためであったら、とても憎む気になれませんわ。」

「そう。」

「だからといって、弟のお嫁さんにするのは困ります。」

「………」

「いつかは、私自身が、そういう立場に立たされるかもわかりませんが、それは覚悟の上で、あたし、弟のために、あくまで反対したいのです。」

「わかる。」

「どうしたらいいでしょうか。」

「さア……。」

「このままにしておくと、弟が、ますます意地を張るようで。けさなんかも、あたしにロクに話してくれないんです。」

「しばらく、放っておいたら？」

「心配なんです。」

「君って、本当に弟思いなんだなア。」

「だって……。」

「いや、いいことなんだよ。特に、君たちの場合は、姉弟二人っきりなんだから。」

「はい。」

「いっそ、その女に、君が会って、いろいろと話し合ってみたら？　問題は、代々木で見た女に間違いないかどうかということだろう？」

「そうなんです。」

「話しているうちに、単に記憶だけでなしに、そういうところへ出入りしている女かどうかということが、何んとなくわかってくるんじゃアないかな。」

「自信がありませんわ。」

「では、僕もいっしょに会ってやろうか。」

「まア、長谷川さんが？」

「まずいかね。」

「いいえ、そこまでのご迷惑をおかけしては、と思ったんです。」

「いいさ、これも、さっきの義務のうちの一つと思えば。」

「有りがたいわ。」

「しかし、どのようにして、僕が、顔を出そうか。」

「あたしたち三人で会っているところへ、偶然のように来て下さったら？」

「あたし、びっくりしたようにいって、あなたをご紹介します。」

「うむ。」

「何んといって？」

「部長さんのお友達で。」

「それから？」

長谷川は、いたずらっぽく、私を見た。私は、わざと澄まし込んで、

「世界中でいちばん好きなお方だ、と。」

「いえる？」

「いえませんわね、そんなこと。」

「まア、それはそのときまでに考えることにしておこう。」

「いつ頃、お会い下さいます？」

「十日ほど経ってからなら。」

「それまでに、もう一度、お会いしたいんですけど。」

「よかろう。」

「嬉しいわ。」

「それで、話は決った。そろそろ、お風呂へ入ろうか。」

長谷川は、立ち上った。私は、そのうしろへまわり、洋服を脱がせてやりながら、

「長谷川さんのお子さんは、いくつですの？」

「女の子で、十四歳なんだ。」

「あたしと十違いですのね。」

「だから、会社でいったろう？　僕に、そんな年頃の娘がなかったら、君と結婚したかもわからない、と。」

「あれ、本気でしたの？」

長谷川は、答えなかった。私は、ふと長谷川との結婚を夢見た。しかし、すぐそういう自分に反省した。

（あと三ヵ月間だけなのだ）

あくまで、そう思っていなければならないのだと、自分の胸にくり返しつつ、私は、長谷川の上衣を胸に抱き締めるようにしていた。

三

それから二週間ほど過ぎて、長谷川は、弟や咲子に会ってもいい、といってくれた。ということは、長谷川の会社が、何んとか苦境を通り抜けることが出来たことを意味するようで、私は、嬉しかった。しかし、一方で、最も秘密にしている長谷川を弟の前に出すことに、大きな不安と恐れを感じていた。もし、そういうことから長谷川と私の関係が、弟にわかったら、私は、生きていられないような気分になるのでなかろうか。

勿論、まさかとなれば、弟に一言の文句もいわせない。弟だって、文句のいえた義理ではない筈なのである。しかし、弟の頭の中に、姉がそういうことをした、そういう女であった、ということを刻み込んでしまうのは、あらゆる意味でまずいのである。が、まずかったとしても、弟が、私のような前科のある小沢咲子と結婚して、そのことで一生苦しんだりするよりも、まだましであろうと思い、私は、長谷川を弟の前に出す決意を固めた。

私は、この二週間に、長谷川と二度会っているのだった。二度とも、長谷川から電話をくれて、

「そろそろ、権利義務を実行したいのだよ。」

「喜んで。」

私は、いつだって、一も二もなく応じた。

すでに、長谷川は、渋谷とも銀座とも、縁を切っていた。いってみれば、長谷川は、私一人の男になってくれたのだ。別れた二人の女には、それぞれの店をわたしたのである。その上、若干の手切金も要求されたらしいのだが、それは蹴ったといっていた。当然のことであろう。が、二人とも、私のことについて、大いにこだわったそうだ。

「あんな生意気な小娘、およしなさい。」

二人とも、そういういい方をしたらしい。

「あの娘のことは、放っておいて貰いたい。」

「癪だわ。あの小娘とだけは、関係を続けていくつもりなんでしょう？」

「契約が、あと二ヵ月あまり残っているのだ。しかも、前金が払ってある。今、関係を断つ

なんて、そんな勿体ないことが出来るもんか。」

長谷川は、そういっておいて、

「聞くところによると、あの娘と僕とのこと、あの娘の会社へいって行くといったそうだが。」

「ちょっと脅かしてやったのよ。」

「心配していた。」

「いい気味だわ。」

「しかし、あの娘にとっては、いい気味ですませるわけにいかない大きな問題なのだ。そして、僕にとっても。」

「あなたにとっては、平気でしょう?」

「違う。あの娘の会社の部長は、僕の友人なのだ。」

「あきれたわ。あんた、それを知っていて、あんな小娘に三十万円も払ったの?」

「そんなことは、どうでもいい。もし、僕とあの娘とのことが、あの娘の会社の部長に知れたら、僕自身が困るのだ。それを考えて、妙な真似をしないで貰いたい。いいな。」

長谷川に念を押されて、二人とも、承諾したのである。

「万に一つ、妙な真似をしたら、僕は、黙っていないからね。」

「黙っていないって?」

「君たちに、それ相応の罰をあたえる。」

「罰？」

「この商売が続いていけないようにしてやる、ということなのだ。」

「いったん手を切ったら、そういう真似は、出来ないでしょう？」

「しようと思えば、僕には出来るのだ。あらかじめ、覚悟をしていて貰いたい。」

「わかったわよ。」

二人とも、ふてくされたようにいったらしい。私には、長谷川が、どういう手段を考えているのかわからなかった。また、わかる必要もなかった。が、長谷川のような男は、憤らせたり、敵にまわしたりすると、きっと恐いに違いない。だから、私にとって、たのもしかったのかも……。

私は、その日、銀座のレストランに来ていた。午後六時十分前であった。弟と咲子は、六時にくることになっていた。そして、長谷川は、六時半に。

私は、昨夜、弟にいったのである。

「あんた、今でも、小沢さんと交際しているの？」

あの夜以来、私たちは、咲子を話題にすることを、どちらからともなく避けて来たのであった。だから、うわべだけは、今まで通りの仲のいい姉弟になっていた。しかし、それはあくまでうわべだけで、その下には、冷戦が続けられていた。

そのため、弟だって苦しんでいただろうが、私だって、そうであったのである。

「いけないというの？」

弟は、たちまち、開き直ったようないい方をした。

「別に、いけないなんていってないわ。」

「じゃア、いいんだね。」

弟の表情に喜色が現われかけて来た。

（こんなにも好きになってしまっているんだわ）

私は、やり切れなくなってくるのを我慢しながら、

「だって、結局は、あんた自身の問題ですものね。」

「そうなんだ。」

「お姉さん、一度、ゆっくりと小沢さんにお会いしてみたいんだけど。」

「会ってくれる？」

「もし、あんたたちの方でよかったら。」

「咲子さんは、きっと、喜ぶと思うよ。というのは、僕は、お姉さんに叱られたことはいってないけど、咲子さんは、お姉さんのことをとってもほめていて、自分にも、あんな優しそうなお姉さんがあったらよかったのに、といっていたんだ。」

「嬉しいわね。」

「それだけでも、咲子さんが、どんなにいい人間かわかるだろう？」

「お姉さんに、大いに反省しろ、ということ？」

「僕は、そんなことまでいってない。が、お姉さんにそういって貰えると、やっぱり有りが

たいよ。」

「そう。」

「僕はね、お姉さん。あの問題があって以来、会社では、課長に睨まれているし、面白くないんだよ。ときどき、辞めてやろうかと思うんだ。」

「ダメよ。」

「わかっているさ。が、そんな僕にとって、咲子さんがいてくれるということが、どんなに心の救いになっているかわからないんだよ。」

「お姉さんがついていて上げるじゃアありませんか。」

「そりゃアそうだけど、咲子さんには、お姉さんに求められないものがある。」

「どういう意味？」

私は、胸をどきんとさせながらいった。弟は、困ったように横を向いた。

「はっきりいって。あんたたちの交際は、まだ清いのでしょうね。」

「勿論だよ。」

弟は、ちょっと憤ったようにいって、

「だけど、接吻なら何度も。」

「まッ。」

この分では、二人が、接吻以上の関係に進むのは、もはや時日の問題でなかろうか。まして や、咲子が、あの代々木のホテルで見た女に間違いないとしたら、咲子の方からそれを求めるかもわからないのである。

「だって、仕方がないじゃアないか。」

弟は、てれたようにいった。

「接吻は、仕方がないとしても、それ以上のことは、絶対にいけないわよ。これだけは、しっかりまもっておいて。」

私は、強い口調でいっておいた。

四

私は、そのときのことを思い出しながら、二人の現われるのを待っていた。(すでに接吻をしていた弟……)

弟が、急に生臭く感じられて来た。そして、自分一人の弟でなくなりつつあるのだとも。私は、すでにして咲子に敵意のようなものを感じていた。こんなことではいけないのだとの反省がないわけでなかった。が、一方で、咲子が、代々木のホテルで見た女に間違いありませんように、と思っているのだった。もし、そうに間違いなかったら、どんな手段を弄してでも、弟と別れさせる。その手段は、長谷川が考えてくれることになっていた。

このレストランは、私たちがくるにしては、やや高級なのである。だから、弟も、

「あんなところで？」

と、おどろいたようにいった。

「第一回目だけよ。この次からは、もっと安いところにするわ。」

「そうだよ。」

しかし、今夜の費用は、長谷川が持ってくれることになっているのだった。

「お姉さん、あのお金、ちゃんと返してくれている？」

「あのお金って？」

「嫌だなア、三十万円の借金さ。」

「ああ、あれなら毎月、ちゃんちゃんとお返ししているわよ。」

「お姉さんが三千円で、僕が二千円で、合計五千円。それが四回だから二万円。あとまだ、二十八万円あるわけだね。」

「そうよ。」

しかし、私は、弟が毎月出してくれる二千円を、別に弟名義の貯金にしているのであった。

「全部返すのは、大変だなア。」

「いいえ、じきよ。」

「あの三十万円さえなくさなかったら。」

弟は、溜息を吐くようにいった。もし、弟が三十万円をなくさなかったら、私は、長谷川を知らないで、一生を終ったろう、そして、今頃は、和気と婚約ぐらいしていたかも。でも、今の私は、和気に悪いと思いつつ、長谷川を知ったことを幸福に感じているのだった。

弟と咲子の姿が、入口に現われた。

第十二章　見事な演技

一

二人は、入口に立って、キョロキョロしている。何んとなく、このレストランのやや高級な雰囲気に怯気《おじけ》づいているようだった。無理もない。二人のうち、すくなくとも弟は、こういう店へ入るのははじめての筈なのである。偉そうにいう私だって、その実、弟に似たようなものなのであるが。

私は、二人の方へ手を振ってやった。二人は、すぐ私に気がついた。ほっとしたようにお互いに笑顔を見せ合って、こちらへ近寄ってくる。

（あの二人は、すでに接吻しているのだ）

私は、弟のいった言葉を思い出した。二人の間に、それを思わせる空気が流れていた。私は、目をそむけたくなった。しかし、目をそむけないで、唇許《くちもと》に微笑を漂わせながら近寄ってくる二人を迎えた。しかし、そのときの私の目は、すこしも笑っていなかったに違いない。寧ろ、冷めたく光って、咲子の身辺をさぐるように見ていたであろう。

咲子の服装には、華美なところはすこしもなかった。そこらにありふれたB・Gであった。その点、私とすこしも変らないのである。しかし、私は、すでにして、

（代々木のホテルで見た女に間違いない！）

と、思っていたのである。

弟とおんなじ二十二歳の筈なのだ。が、もっと老けて見える。だけでなしに、どこかに身体の線の崩れが感じられた。私は、本能的に、咲子を処女でない、と思った。しかし、他人の目には、私も亦、咲子と同じように見えるかもわからないのである。ましてや、私は、二十四歳なのだ。

「お姉さん、咲子さんを連れて来たよ。」

弟は、すこしてれたようにいった。私は、咲子に、

「ようこそ。」

と、うわべだけの愛想でいった。

「今夜は、すみません。」

咲子は、低い声でいった。

「とんでもない。でも、却って、ご迷惑だったんじゃアありません？」

「いいえ、そんなことはありません。」

「なら、よかった。いつまでも立ってないで、利夫さんも腰を下ろしたら？」

「ああ。咲子さん、掛けようよ。」

「ええ。」

二人は、腰を下ろした。これで四角なテーブルの三方がふさがったわけである。空いているあとの一つに、やがて、長谷川がくることになっているのだ。

「お姉さん、今夜は、何をご馳走してくれる？」

弟は、活き活きしながらいった。が、咲子は、うつ向いていた。

「あんまり高いものでなかったら。」

「よーし、咲子さん、何が食べたい？」

「おまかせします。」

「エビフライなんか、どうお？」

「好きです。」

「じゃア、お姉さん。僕たち、エビフライ。」

「だけでいいの？」

「出来たら、ビールも。」

「ただし、一本だけよ。」

「勿論。」

「そのほかには？」

「えッ、そんなにご馳走してくれるのかい？」

「だって、せっかく、小沢さんに来ていただいたんじゃアありませんか。」

「しめた。ねえ、咲子さん、やっぱり、いいお姉さんだろう？」

咲子は、ちらっと私の方を見て、

「ええ。」

と、笑いかけるように、ニッコリとした。

私は、そんな咲子を見て、ふっと、

（可愛い）

と、思ってしまったのである。

こんなことでは、困るのだ。私は、すでにして、この咲子をあのときの女に間違いないと睨んでいた。だから、好感をいだいてはいけないのである。寧ろ、憎むことによって、弟との仲を割《さ》こうと考えて来たのであった。その方が、心を鬼にしやすいのである。かりに、咲子があのときの女であったとしても、私が何も知らなければよかったのだ、とも思った。知らなかったら私は、弟のために、賛成してやったかもわからない。そういう思いの底には、私と長谷川とのことが弁解的に含まれていたであろうけれども。しかし、とにかく私は、見てしまったのだ。見てしまった以上は、あくまで反対しなければならないのである。私は、これを姉の弟への愛情と思いたかった。でないと、将来、弟がそのことを知って、きっと大いに悩むに違いないのである。そこまで考えて来て、私は、自分の将来にもそういう危機がはらんでいるのだ、と青くなりかけた。しかし、今は、自分のことよりも、弟のことを考えるべきなのだ、と思い直した。姉弟が揃って不幸になるなんて、嫌だった。不幸は、私一人でいい。弟には、あくまで、まともな娘とまともな結婚をして貰いたいし、させてやりたかった。

二人の希望によって、ビール、エビフライ、そして、ハンバーグステーキを注文した。先

にビールが来たので、私は、弟にお酌をしてやり、

「小沢さんは？」

「ほんのすこしなら。」

「大丈夫だよ、お姉さん。咲子さんは、グラスにいっぱいぐらいなら平気なんだ。」

「あら。」

咲子は、あかくなって、弟を睨んだ。弟が、そういうことを知っているということは、二人は、すでにそういう交際をしているからであろう。私は、嫌な気がしたが、それを顔に出さないで、

「それならお飲みになって。今夜は、遠慮なさらないで頂戴。あたしだって、飲みますから。」

「はい。」

私は、咲子のグラス一杯にビールを注いだ。そのあと、弟が、私にお酌をしてくれた。

弟が、先にグラスをあげたので、私と咲子がそれにならった。

「では。」

「お姉さん、有りがとう。僕は、あらためてお礼をいうよ。」

そういって、弟は、一人前を気取って、グラスに半分ぐらいを飲んだ。咲子と私は、軽く飲んだ。私は、何気ないように時計を見た。六時十五分になっていた。長谷川は、六時半には来てくれることになっているのであった。

先に、エビフライが来た。それまでに弟は、残りのビールを飲んでいて、

「お姉さん、特別にもう一本だけ。」

と拝むようにした。

「そんなに飲んでも大丈夫？」

「大丈夫だ。そして、今夜は、僕、もっと飲んでみたいんだよ。」

「そんなに嬉しいの？」

「そりゃア嬉しいよ。お姉さんが、僕と咲子さんに、こんなに優しいんだし。ところが、そのほかに、もっと飲みたい理由があるんだよ。」

「どういうこと？」

「僕は、また、今日課長と喧嘩してしまったんだよ。」

「いけないわ。」

私は、眉を寄せながらいった。

「だって、無茶をいうんだ。ちょっと、仕事をミスしただけなのに、まるで月給泥棒のように。」

「我慢しなさいね。そのうちに、その課長さんだって、いつかは変るでしょう？」

「ところが、お姉さんのような大会社と違って、僕んとこのような中小企業では、めったにそういうことがないんだ。それに、前にあゝいうことがあったし、僕は、一生出世の見込みがないんだ。」

「………」

「これでも、毎日毎日、我慢して暮しているんだよ。」

「そりゃアわかるけど。」

「僕は、あんな課長なんか、殴りつけてやりたいくらいなんだ。」

「ダメよ。そんなこと。」

「だから、いっそ辞めたいんだよ。」

弟は、憤懣を叩きつけるようにいった。私は、そういう弟が可哀そうで、仕方がなかった。どんなにか辛いに違いがないのである。お辞めなさい、といってやりたいくらいだった。しかし、そういうことは、軽軽しくいってはならないのだ。

「いいわ、ビールを一本追加しても。」

「しめた。」

「そのかわり、辞めるなんていわないでよ。」

弟は、ビールを頼んでから、

「さっきからそのことで、咲子さんとも相談していたんだよ。」

私は咲子の方を見て、

「小沢さんのご意見は？」

「あたし、矢沢さんを本当にお気の毒に思っております。ですから、いつも慰めて上げてるんですけど。」

「お姉さん、それは、本当なんだよ。」

「だけど、小沢さんは、まさか、弟が辞めることに賛成ではないんでしょう?」

「はい。でも……。」

「でも?」

咲子は、私の方を見たのだが、私の咎めるような強い視線に気がついて、あわててうなだれた。

「やア……。」

そういう声が、頭の上で聞えた。

二

私は、顔を上げて、

「あら。」

と、さもおどろいたようにいって、立ち上った。

弟と咲子は、突然に現われた長谷川をいぶかるように見ていた。が、その目の中には、どこから見ても一流の中年紳士である長谷川への畏敬の念が現われていた。私は、嬉しかった。同時に、つい先頃、この長谷川との結婚を夢見たこともあるのだ、と思い出した。その後、二人の間には、そういう話題は、のぼっていなかった。しかし、私は、長谷川と会うたびごとに、

（この人に、十四歳にもなるお子さんがなかったなら……）

と、いうことを思っていたのである。

更に、その子供の顔を見てみたい、とも。

長谷川は、いぶかるように自分を見ている弟と咲子の方に、

「ちょっと、失礼しますよ。」

と、軽くいっておいて、

「妙なところで、お目にかかりましたね。」

と、私にいった。

「はい。」

「たしか、虎の門のK商事にお勤めの矢沢章子さんでしょう？」

「はい。」

「僕のこと、覚えていらっしゃいますか。」

「あの……。」

私は、ためらうようにいった。

「この間、お宅の部長室で……。」

「あッ。」

私は、軽くいっておいて、

「思い出しましたわ、長谷川電器の長谷川社長さんでございましたね。」

「そう。思い出して下さって、どうも有りがとう。」

長谷川は、頭を下げた。見事な演技といってよかった。ということは、結局、長谷川が、私たち姉弟のことを、それだけ思っていてくれればこそであろう。忙しい中を、このようにわざわざ出て来てくれるなんて、なみたいていの好意ではない筈なのだ。

(やっぱり、長谷川さんは、本当にあたしを好いていて下さるんだわ)

長谷川の演技も見事だったが、しかし、私だって、相当うまくやったつもりである。そのことで、長谷川は、後日、

(君って、なかなかの役者であるのにおどろいたよ)

と、いってくれた。

(いいえ、長谷川さんのリードのお陰ですわ)

私は、そう答えておいた。考えてみれば、この四ヵ月、私は、何も彼も長谷川にリードされて来たようなものだ。しかし、そこにすこしの不満もなかった。もっともっと、リードされたいし、気に入って貰える可愛い女になりたかった。

「利夫ちゃん。」

私は、弟に呼びかけて、

「長谷川電器の長谷川社長さんよ。」

弟は、立ち上って、

「僕、矢沢利夫です。」

「そう。よろしく。お姉さんとよく似てらっしゃる。」

長谷川は、ニコニコしながらいって、

「すると、こちらのお方は？」

と、咲子を見た。

咲子は、立ち上って、

「小沢咲子と申します。」

そのあと、弟は、すぐに、

「僕の恋人なんです。」

と、悪びれるところもなくいった。

「あら。」

咲子は、あかくなったが、嬉しそうであった。長谷川は、ちらっと私を見てから、

「なるほど、お似合いですよ。」

「そう思って下さいますか。」

弟は、調子に乗っていった。

「利夫ちゃん。」

私は、たしなめるようにいっておいて、長谷川に、

「どうも、失礼いたしました。」

「とんでもない。しかし、残念だなア。」

「と、おっしゃいますが？」

「いえね。僕は、珍しく今夜一人でいるんですし、ご馳走して上げてもいいと思ったんですよ。」

「まア……。」

「でも、せっかく姉弟と恋人の三人でいらっしゃるところをお邪魔しては悪いから遠慮しましょう。」

「お姉さん、せっかくだからご馳走になろうよ。」

「厚かまし過ぎるわ。」

「いやいや。僕の方は、却って、嬉しいくらいですよ。それに、たまには若い人たちの話も聞いてみたいし。」

「では、お言葉に甘えまして。」

「こちらこそ、お言葉に甘えて、ご馳走させて頂きます。」

長谷川は、空いた席に腰を下ろした。弟は、新しいグラスを取り寄せると、

「どうぞ。」

と、長谷川にビール瓶を向けた。

「有りがとう。」

長谷川は、気持ちよく受けて、

「こうなったら親船に乗った気で、何でも注文して下さい。勿論、今までに注文した分だっ

て、払って上げます。」

「僕たちは、このエビフライのあとに、ハンバーグステーキがくるんです。だから、それで十分なのです。」

「では、僕もハンバーグステーキを貰うとしようかな。」

「わかりました。」

弟は、給仕を呼んで、

「ハンバーグステーキを一つ追加。それからビールもね。」

と、早速注文した。

私は、その弟のはきはきしたやり方に、目を見張る思いだった。まだまだ、子供だと思っていたのに、結構一人前に振る舞っている。会社で苦労しているのだから、それくらいのことは当然だろうが、姉としては、大いに見直したくなっていた。しかし、一方で、それだからこそいっそう咲子の問題については、慎重にならなければならないのだ、とも思っていたのである。

長谷川は、ビールをうまそうに飲んで、

「お姉さんは、お飲みにならないんですか。」

と、私を見た。

「あたし、ダメなんです。」

「それは、残念。」

しかし、長谷川は、心の中でおかしがっていたに違いない。私は、長谷川の前で、ビールを一本ぐらい飲んだことがあるのだから。

「姉は、ダメですが、咲子さんの方は、グラスに二杯ぐらいなら大丈夫です。」

さっきは、グラスに一杯といった癖に、今は、二杯ぐらいならといっている。この分だと、私と同じに、一本ぐらい飲めるのでなかろうか。

「そりゃアたのもしい。如何ですか。」

長谷川は、ビール瓶を咲子に向けた。

「はい。」

咲子は、グラスに半分ほど残っていたビールを軽く飲みほした。長谷川は、それをじいっと見つめながら、

「お見事。」

と、いって、次に、

「お姉さんも、あの調子でおやりになったら？」

と、意味ありげに私を見た。

その意味は、私にわからなかった。しかし、長谷川は、長谷川なりに、咲子について、何かを感じたようであった。

「そうだ、僕は、長谷川さんに、ご相談したいことがあるんですよ。」

しばらくたって、弟がいった。

三

「ほう、どんな？」

長谷川は、微笑しながらいった。

「お姉さん、かまわないだろう？」

「だって、長谷川さんにご迷惑よ。」

「いや、僕は、かまいませんよ。利夫君、せっかく今夜いっしょになれたのも何かの縁なのだから、いってご覧よ。」

「僕たちは、両親がなくて、アパートに姉弟で暮しているのです。」

「お気の毒なんだな。ちっとも、知らなかったよ。」

「ところが、僕は、四ヵ月ぐらい前に、大変なミスをしでかしてしまったんです。」

「ミス？」

弟は、課長の金を三十万円なくしたことを話しはじめた。長谷川は、熱心に聞いてやっている。私は、それとなくその長谷川の横顔を見ながら、その三十万円のために、長谷川とこういうわけになったのだ、ということを胸を切なくしながら思っていた。

「その金は、お姉さんが、会社の課長さんから借りてくれて、今でも、二人の月給の中から月月返しているんです。」

「余っ程、いい課長さんなんだね。」

長谷川は、私を見た。私は、見返して、

「ですから、その人のご恩は、一生忘れられないと思っております。」

「まア一生というのは大袈裟だろうが。」

「いいえ。」

私は、強くいって、

「だって、弟は、そのために死のうとまで思ったんです。夜中に、出刃庖丁なんか持ち出したりして。」

「本当なんです、長谷川さん。」

「で？」

「ところが、それ以来、僕の課長は、事毎に僕を白い目で見るんです。時には、僕のことを月給泥棒のように。」

「月給泥棒は、ひどいね。」

「僕は、腹が立って。」

「わかるな。」

「ですから、いっそ、あんな会社なんか辞めてしまおうか、と。」

「あたし、そのことで、さっきからいけないといっていたんです。」

「お姉さんにしては、当然のことだろうね。」

「しかし、長谷川さん。僕としては……。」

「辞めて、次の就職口のあてがあるの？」

「ありませんが、探してみれば、きっとあると思うんです。実は、そのことで、咲子さんとも相談しているんです。」

「咲子さんの意見は？」

「あたしだって、お辞めにならない方がいいと思いますけど、でも……。」

「でも？」

「矢沢さんのお話を聞いていると、あんまりお気の毒なんで。」

「じゃアあなたは、利夫君の恋人として、辞めることに、かならずしも反対でないというわけですね。」

「はい。もし、次にいい就職口が見つかるなら。」

「長谷川さんなら、どうなさいますか、かりに僕の立場になったとして。」

「さア、こりゃア困った質問になったぞ。」

「長谷川さん、どうか辞めないようにいって下さい。」

「お姉さんは、しばらく黙っていてほしいな。せっかく、長谷川さんが考えていて下さるんだから。」

「だって……。」

「まア、僕としては、一応、辞めることに反対するな。」

「それご覧なさい。」

弟は、明らかに失望したようであった。

「しかし、忍耐や我慢にも限度があるからね。」

「そうなんですよ、長谷川さん。」

「でないと、人間がダメになってしまう。男一匹の精神が失われてしまう。卑屈な人間になるか、ひねくれた人間になるか、どっちかになる恐れがある。」

「僕も、それを心配しているんです。」

「あたしも。」

咲子までがいった。私は、そんな咲子を憎らしいと思った。絶対に、弟と結婚させてやるもんかと思った。しかし、長谷川のいうことも、私にわかるのだった。もし、同じ言葉を咲子がいったのであったら、反撥を感じるだけであろう。が、長谷川がいうと、もっともらしく聞えてくるのだった。

「そういう意味では、僕は、反対しないな。」

「有りがとう、長谷川さん。これで、僕の最後の決心がつきました。」

弟は、ほっとしたようにいってから、

「お姉さん、わかってくれた？」

「わかるにはわかるけど、あくまで慎重にしてね。」

「勿論、そのつもりだ。」

「ここで、あんたに失業されたら、あたしたちお手上げよ。」

「大丈夫だよ、失業保険も貰えるし。」

「だけど、失業保険の中から、三十万円の借金を返していくのは大変だわ。」

弟は、ちょっと参ったような顔をした。それを見て、長谷川は、

「お姉さんの弟思いは、よくわかったけど、すこし取越苦労が多いんじゃアないかな。」

「だって……。」

「まさかとなれば、弟さんの就職口について、僕も骨を折りますよ。」

「すみません。」

弟は、立ち上って、

「どうか、よろしくお願いします。」

「いいとも、しかし、確約は、出来ないんだから、あくまで、自分のことは自分でするという精神を失わないように。」

「はい。」

弟は、腰を下ろして、嬉しそうに咲子に笑いかけた。咲子は、笑い返している。私は、ますます咲子が憎らしくなっていた。はじめに感じた、

（可愛い）

と、いう思いは、どこかに消し飛んでいた。

これも、あるいは、弟を奪われそうだとのねたみ心のせいだったろうか。そういうねたみは嫌だったが、どうにも仕方がなかった。

四

「小沢さんは、利夫君とおんなじ会社にお勤めですか。」

長谷川は、しばらくたってから、さりげないように咲子にいった。

「違います。」

「咲子さんは、僕の会社の得意先のS玩具製造株式会社なんです。」

「S玩具……。」

「ご存じですか。」

「いや……。」

長谷川は、あいまいないい方をした。はじめに、私と契約した夜、長谷川は、私が虎の門のK商事に勤めていることをいったときも、長谷川は、そのようないい方をしたのである。

(知っているのでは……)

私は、そのように思わせられた。しかし、かりに知っていたとしても、どの程度なのか、名だけを知っているのか、あるいは、その会社の誰かを知っているのか……。

「ご家族は？」

「母と二人なんです。」

「そりゃア淋しいでしょうね。」

「はい。」

咲子は、うなだれた。

「長谷川さん、僕は、そういう点でも、今の僕たちと似ているので、よく話が合うのです。」

「だろうね。失礼ですが、小沢さんの月給は、どれくらいです？」

「一万一千円です。」

「一万一千円で、お母さんと二人でやっていけますか。」

咲子の顔色が、さっと変ったのを私は、見逃さなかった。

（何かを隠している！）

私は、代々木のホテルで見た咲子の姿を思い出していた。

「でも、大阪の叔父さんが、月に一万円ぐらいずつ援助してくれますから。」

「でしょうねえ。でなかったら、とうていやっていけない。しかし、いい叔父さんですね。」

「はい。」

「しかし、あなたが、かりにこの利夫君と結婚するとなると、そのあと、お母さんは、どうなるんですか。」

「まだ、そこまでは……。」

「しかし、叔父さんの援助は、あなたの結婚後も続くのでしょう?」

「さア……。」

咲子は、途方に暮れたようにいった。それを見て、弟は、

「長谷川さん。僕は、咲子さんと結婚したら、お母さんを引き取り、当分の間、共稼ぎをするつもりです。」

「なるほど。」

「そうなれば、大阪の叔父さんの援助なんかアテにしなくてもいいでしょう?」

「ああ、君は、そこまで考えているのか。」

「おかしいですか。」

「ちっとも。君は、立派だよ。」

「それご覧よ、お姉さん。長谷川さんの方が、お姉さんよりも、余っ程、ご理解があるよ。」

私は、仏頂面をして、答えなかった。長谷川が、どういうわけで、あんなことをいいだしたのかわからないが、これでは、弟をますます咲子の方へ接近させていくに違いないのである。

「そりゃア利夫君。僕にとって、君は、他人だが、お姉さんにとっては、君が、この世でたった一人の弟だからだよ。そこに違いがあることを忘れたら罰があたるよ。」

「はい。」

「小沢さんも。」

「はい。」

「何だか、今夜は、身上相談会みたいになってしまったな。そろそろここを出ようか。」

「ご馳走さまでした。」

「ご馳走さまでした。」

「ご馳走さまでした。」

　長谷川が勘定を払っている間、私たちは、外で待っていた。私は、今夜このまま長谷川と別れたくなかった。そのためには、不本意だが、弟と咲子を二人っきりにしてやらねばならぬのである。長谷川の言葉に調子に乗って、二人は、今夜のうちに一線を越えてしまうことだって考えられる。そうなっては、ますます、問題は複雑になってくる。私は、それを恐れつつ、長谷川といっしょに何処かへ行きたいのであった。

「やア、お待ちどうさま。」

　長谷川が出て来た。私は、その長谷川の目を見た。訴えるように見た。長谷川は、見返して、

「とにかく、そこらまで歩きましょう。」

　四人が歩きはじめたとき、

「やア。」

　と、軽く咲子の肩を叩き、その顔を覗き込むようにして、さっさと去って行った男があった。

第十三章　二人の男

一

私が、その男の横顔を見たのは、ほんの一瞬であったが、

（ああ、あのときの男だわ）

と、思ったのである。

すなわち、代々木のホテルで、咲子と一緒にいた男なのだ。そして、咲子は、明らかに動揺しているようだし、それが表情に現われていた。

私は、決定的な証拠を摑んでしまったようなものだ。しかし、そのことは、喜んでいいのか、悲しんでいいのか。同時に、私も亦、かつて、和気と歩いていて、長谷川に出会ったことがあった、と思い出していた。そのとき、長谷川は、私の肩に触れて、

「どうも、失礼」

と、いって通り過ぎて行ったのである。

当時、私は、長谷川から三十万円を貰っていたけれども、まだ、他人同然であったし、今の百分の一も好きでなかったのだ。あの頃に比較して、自分の変り方は、自分でもあきれるくらいであった。あきれるくらいであったが、しかし、後悔はしていなかった。寧ろ、あと二ヵ月に迫った長谷川との別れを恐れているのである。

「どなたでしたの？」

　私は、咲子の顔を覗き込むようにしていった。

「あたしの会社の……。」

　咲子は、低い声でいった。

「課長さん？」

「いいえ、丸山部長さんです。」

「まア、部長さんでしたの？」

　私は、ちらっと長谷川の方を見た。長谷川は、私の視線から何かを感じ取ったようであった。何んとなく、頷いてみせた。

「そうか、あれが丸山部長さんであったのか。」

　弟がいった。

「あんた、知っていたの？」

「名前だけ。そんなら、僕は、ご挨拶をしておくんだった。」

「どうしてよ。」

「だって、僕たちが結婚するとなれば、さっきもいったように、どうしても共稼ぎになるんだし、あらかじめそのことをお願いしておいた方がよかったろう？」

「ああ、そういう意味だったの。」

　いいながら私は、

（何んという甘い弟であろうか）

と、思っていた。

しかし、甘いというのは酷であろう。弟は、何んにも知っていないのである。が、もし、真相を知ったら、どんなに悲しみ、どんなに憤るかわからないのである。今から、弟のそういう苦悩が見えてくるようであった。

すでに、丸山部長の姿は、見えなくなっていた。

「あんたたち、これからどうするの？」

私は、弟にいった。

「出来たら、このあとしばらく、二人っきりにして貰いたいな。」

「いい気なもんね。お姉さんをこのまま、放り出すつもり？」

「ごめん。」

弟は、頭を下げた。ついで、咲子に、

「君からもお願いしますといえよ。」

咲子は、あかくなりながら、

「お願いします。」

「いいわ。」

私は、二人を解放してやるよりも、早く長谷川と二人っきりになりたいのであった。そのために許してやったのである。

「しめた。」

そのあと、弟は、長谷川に、

「僕たち、これで失礼します。」

「いいとも。」

「いろいろとご馳走になりました。」

「チャンスがあったら、また、いっしょにご飯を食べよう。」

「ぜひ。そして、さっき、僕がお願いした就職の件も、考えておいて下さいませんか。」

「考えておこう。」

「お願いします。」

弟は、

「では、お姉さん。」

と、私にもいって、咲子を促しながら去って行った。

私は、しばらくそのうしろ姿を見送っておいてから、

「やっと、二人っきりになれましたわ。」

と、長谷川にいった。

「そう、二人っきりにね。」

「今夜は、本当にすみませんでした。」

「いいんだよ。」

「小沢さんを見て、どうお感じになりまして？」

「いい娘だが……。」

「君のかんに狂いがないようだ。」

「でしょう？　そして、さっき、小沢さんに声をかけて行った男の人。」

「会社の丸山部長？」

「あの人、代々木のホテルで一緒にいた人に間違いありませんわ。」

「ふーん。」

「こうなったら、絶対に弟を結婚させられないでしょう？」

「と、いうことになりそうだな。」

「どうしたらいいでしょうか。」

「さア……。」

「あたしから弟に、実はこうだというわけにもいかないし。」

「そりゃアまずいだろう。」

「このまま、放っておくのは、もっとまずいでしょう？」

「僕が、何んとかしてみよう。」

「して下さいます？」

「さっきは、わざと否定したけれども、S玩具の社長というのを、僕は、ちょっと知っているんだ。」

「まア、そうでしたの？」

「あとは、僕に委せておくことだ。悪いようにはしないつもりだから。」

「お願いします。何から何まで、お世話になって。」

「どういたしまして。こちらだって、いろいろとお世話になっているんだから。」

長谷川は、冗談めかしていって、

「これから、どうする？」

「ホ・テ・ル。」

私は、あかくなりながらいった。

「しかし、それだと帰りが遅くなって、弟さんに悪いだろう？」

「かまいません。だって、あと二ヵ月なんですもの。」

「ああ、そうだったな。」

「お忘れになってらしったの？」

「いや……。」

私は、長谷川が、もう一度、結婚の話を持ち出してくれることを期待した。しかし、それをいうかわりに、

「どうだね、今夜は、久し振りで、縁結びの神さまに会いに行っては？」

「京橋の？」

もわからない。」

「そう。あれっきり、二人で顔を出していないわけだ。不人情な連中だ、と思われているか
「わかりました。今夜は、ホテルをあきらめます。」

「そんなにホテルへ行きたかったのか。」

長谷川は、からかうようにいった。私は、もう一度、あかくなりながら、

「だって……。」

「だって？」

「こうなったらいいわ。何も彼も、長谷川さんが悪いのよ。」

「何も彼も？」

「いいえ。あたしも、たくさん。」

「可愛いよ。」

「本当に、そう思っていて下さいます？」

「思う。」

「自信を持っていていいんですの？」

「いいとも。」

「あたしね、長谷川さん、大好きよ。」

「僕だって。だからこそ、京橋へお礼に行きたいんだよ。」

私は、深く頷いた。しかし、せっかくお礼に行っても、あと二ヵ月で別れなければならな

いのだということが、あらためて、私の胸の奥を重苦しくしていた。しかし、今夜は、そのことを考えるのはよそう、と思い直した。考えていたら、せっかく長谷川といっしょにいながら、その愉しみも喜びも半減してしまうのである。そして、それでは、長谷川に対しても悪いのだ。

二

「まア、お珍しい。」

京橋の二階にあるバー「K」のマダムは、私たちを見ると、大袈裟におどろいて見せた。

「だろう?」

長谷川は、威張ったようにいった。

「その節は、いろいろとすみませんでした。」

私は、神妙にいった。

「あら、いいのよ。」

マダムは、明るくいってから、

「そして、今はあたしに感謝しているんでしょう?」

と、私の顔を覗き込んだ。

「はい。」

「その筈よ。ちゃんと、お顔にそうかいてありますもの。」

「そうでしょうか。」

「鏡を持って来て上げましょうか。」

「いいえ、結構です。」

バーは、混んでいた。私たちは、スタンドに並んだ。長谷川は、ハイボールを、私は、ジンフィーズを貰った。

「マダムもどうぞ。」

長谷川がいった。

「お言葉までもなく、そのつもりでいますから。」

「まア、今夜は、何んといわれても我慢するよ。」

「だけど、長谷川さん。」

「なに？」

「あんた、たった四ヵ月で、この人を随分女らしくしたわね。」

「そうかね。」

「とっても、綺麗にしたわよ。」

「そうかね。」

「たいした腕前だわ。」

マダムは、あらためて、私を見直すようにした。私は、そのマダムの視線を避けながら、

（あたしは、そんなに女らしくなったのだろうか）

（あたしは、そんなに綺麗になったのだろうか）

と、思っていた。

自分でも、多少は、感じていたことなのである。今、それをマダムに、はっきりといわれたのだ。自分のうぬ惚れではなかったのか。私は、嬉しかった。もっともっと、女らしくなりたいし、綺麗になりたかった。しかし、長谷川とは、あと二ヵ月の約束なのだ。その線だけは、あくまでまもる決心でいる。もし、この決心を崩したら、弟のためという私の大義名分がなくなって、ただのだらしのない女と、すこしも変らないことになる。嫌だった。しかし、今は、そんな大義名分なんか、どうでもいいことのような気になりはじめていた。私は、それほど、長谷川を好きになってしまっていた。好き、というよりも、惚れた、という言葉の方がふさわしいのである。過去の私は、惚れた、というような言葉が好きではなかった。品が悪く、好色のにおいがするような気がしていた。しかし、今は、惚れたという言葉に、寧ろ、愛着を覚えているのであった。

私は、目の前におかれたジンフィーズをすこし飲んだ。長谷川とマダムは、何か別なことを話している。私は、初めてここで長谷川を見たときのことを思い出していた。そのとき、長谷川は、一人でウイスキーを飲みながらダイスをしていたのである。私が、バーテンダーに、

「マダムさんは、まだでしょうか。」

と、いったとき、ちらっと私を見はしたが、たいした関心もないように、すぐ視線を戻したのである。

あれからは一年以上もたっているような気がするし、そうでなく、一ヵ月ぐらいしか過ぎていないような気もする。しかし、正確には、四ヵ月なのだ。

（弟たちは、どうしているだろうか）

私は、それとなく時計を見た。まだ、八時を過ぎたばかりであった。

（どうか、ホテルへなんか、行ってませんように）

その癖、私は、たとえ一時間でも、長谷川とホテルへ寄ってみたいのであった。胸がときめき、血が熱くなってくるようだ。そのとき、私は、閃めくように思った。

（長谷川さんの子供を産んでみたいわ）

愕然とした。かつて、そんなことを考えたこともなかったのである。寧ろ、そうなることを恐れて来たのだ。にもかかわらず、今は、それを願っている。自分でもあきれるくらいだった。でも、いけないに決っている。そうとわかりつつ、

（どんな子供が出来るだろうか）

と、空想していた。

きっと、長谷川そっくりの子供が出来るだろう。そして、すこしは、私に似ているのだ。私は、自分によりも、長谷川によく似た子供がほしかった。長谷川とは結婚出来なくても、長谷川にそっくりな子供を育てていくことが、きっと今後の生甲斐になるだろう。そのために、どんな困難がともなうか、私は、わかっていた。わかっていて、長谷川の子供を育ててみたいという衝動を、どうにも禁じられないでいた。勿論、こんな衝動は、明日になったら、

あとかたもなく消え失せるに違いないのだ。だからこそ、私は、いっそうそういう衝動に身をゆだねていたのかもわからない。

長谷川は、トイレへ立って行った。マダムは、私の前へ来て、

「放っておいて。」

「いいえ。」

「でも、幸せなんでしょう?」

「はい。」

「今、聞いたら、長谷川さんは、銀座と渋谷の女と、手を切ったそうね。」

「そうなんです。」

「すると、今のところ、あんただけね。」

「はい。」

「よくよく、あんたが気に入ったのね。」

「さア……。」

「だけど、あと二ヵ月の約束ね。」

「はい。」

「別れるんでしょう?」

「別れます。」

私は、きっぱりといったが、心の中で、

（別れたくないのです。どうしたらいいのでしょうか）

と、聞いてみたいのだった。

「そうね。」

マダムは、あっさりと肯定して、

「その方がいいわ。あんたは、まだ若いんだし、いつまでも今の生活を続けていると、一生を誤ることになるわよ。」

「………」

「そして、そのあとは、綺麗さっぱりと忘れてしまうことね。」

「はい。」

「長谷川さんだって、その覚悟らしいわ。」

「そうおっしゃってまして？」

私は、顔から血の気の退いていく思いであった。

「残念らしいけど、長谷川さんて、そういうけじめだけは、ちゃんとつける人よ。そして、そこが、あの人のいいところでもあるんだけど。」

「………」

「どうしたの？」

「いいえ、別に。」

「あんた、いつか、接吻した恋人があるといってたわね。」

和気のことなのだ。その後、私は、和気の相手にならないようにしていた。だからといって、和気が嫌いなのではなかった。相手にならないのは、長谷川が好きになってしまったからでもあるが、一方で、そういう自分が、和気の愛情を受け入れる資格がない、と信じているからでもあった。

「その後、その恋人とは？」

「何んでもありません。」

「本当に？」

「どうして、そんなふうにおっしゃるんですの？」

「いえね、あたしなら恋人は恋人、長谷川さんは長谷川さんとして、器用にやってみせるんだけど。」

　あの咲子が、そうなのだ。

「あたしには、そういう真似、出来ませんわ。」

「だけどね。」

「はい。」

「あんた、今でもその恋人に、多少のみれんがあるんだったら、すこしずつ接近しておいた方がいいわよ。」

「………」

「長谷川さんと別れたあとのために。」

「…………」

「この世の中のこと、あんまり窮屈に考えないことだわ。」

たしかに、そうかも知れないが、しかし、私は、嫌だった。その癖、そのように出来たら、どんなに気が楽であろうかと思っているのだった。しかし、私は、やっぱり、あの咲子のような真似はしたくなかった。勿論、だからといって、咲子が、すこしも苦しんでいないというのではない。咲子は、咲子なりに苦しんでいるだろう。しかし、私には、そういう苦しみに同情出来ないのである。

長谷川がトイレから戻って来た。

「何を話しているんだ。」

「いいことよ。」

マダムは、さも内緒ごとを話していたようにいってから、

「長谷川さん、あんたって、幸せな人よ。」

「うん。」

「たった三十万円、安かったわね。」

「うん。」

「別れるとき、別にいくらか出して上げなさいよ。」

長谷川は、私の顔を見た。私は、見返していった。

「いりませんわ。」

そのとき、

「矢沢君。」

と、うしろから呼ばれた。

三

振り返って、私は、あっといい、青くなった。そこに、和気年久を見たからである。和気を、こんな場所で見ようとは、夢にも思わなかった。その和気は、すこし酔っているらしいが、唇を嚙みしめるようにして、私を睨んでいるのだった。私は、逃げ出したくなっていた。それに堪えて、救いを求めるように、マダムを見、ついで、長谷川を見た。長谷川は、いぶかるように和気を見ている。マダムの顔には、困惑の表情が流れていた。そのことが、いっそう私を不安にした。

「どなただね。」

長谷川がいった。

「和気さん。三ヵ月ばかり前から、ときどき、いらっして下さるんですよ。」

マダムは、そのあと、はじめて気がついたように、

「ああ、そういえば、和気さんも矢沢さんも、同じ会社だったわね。あたし、今日まで、うっかりしていたわ。」

「なるほど。」

長谷川は、落ちついていた。

「矢沢君、君は、こんなところへくるのか。」

和気は、まるで詰問するようにいった。私は、むっとした。

「そうですわ。」

「帰ろう。」

和気は、今にも私の腕を摑まんばかりにしていった。しかし、その和気の目は、さっきから長谷川に走り勝ちなのである。ということは、長谷川と私がいっしょにいることに、不満を感じているからに違いなかった。

和気は、長谷川と私が歩いているところを見ているのだ。

「君が三十万円を借りたのは、あの男からではなかったのか。」

和気は、そうもいったのである。私は、そのかんの鋭さに舌を巻きたくなったのだが、わざと、ほっほっほ、と笑っておいて、

「まるで、見当違いです。」

と、いったのであった。

和気の長谷川を見る目には、敵意がこもっているようだった。しかし、長谷川の方は、微笑しているだけだった。

「嫌ですわ。」

マダムが、

「和気さん、そんな無理をいうもんじゃアないわ。」

と、やさしく、たしなめるようにいった。

「無理ですって？」

「だって、矢沢さんをお連れになったのは、この長谷川電器の社長さんの長谷川さんなんですよ。」

「そう、僕ですよ。」

長谷川がいった。

「失礼しました。」

和気がいった。

「いや、いっしょに、如何ですか。」

和気は、しばらく黙っていてから、

「かまいませんか。」

「どうぞどうぞ。」

私は、困ります、といいたいのを我慢していた。が、このあと、どういうことが起るだろうかと思うと、空恐ろしくなってくるのであった。何か、最悪の事態が近づきつつあるような予感がしていた。

和気は、私の横に腰を下ろした。それで、私は、二人の男の間に置かれてしまったのである。それこそ、身の置きどころのない思いであった。

「僕、こういう者です。」

和気は、私の肩越しに名刺を長谷川にわたした。長谷川は、自分の名刺を、これまた、私の肩越しにわたした。

「マダム、和気君に、何か差し上げて。」

「何がいい？」

マダムがいった。

「僕は、いつだってビールです。そして、今夜は、ご馳走になんかなりませんよ。」

「あら、どうして？」

「僕は、かねてから、この長谷川さんに、釈然としないものを感じているからです。」

「釈然としないって？」

「先ず、僕に、ビールを下さい。」

和気の前に、ビールが置かれた。和気は、それを気負って飲んだ。

「マダム。」

「なに？」

「そして、長谷川さんも聞いて下さいよ。」

「聞いてますよ。」

「僕は、マダムにいったことがあるでしょう、自分に恋人があるという話。」

「聞いてるわ。」

「その恋人が、四ヵ月くらい前から、僕に対して、急に冷淡になったことも。」

「ええ。」

「僕には、どうしてもその理由がわからなかったのです。」

「………」

「ところが、あとでわかったのは、その恋人の弟が、会社の課長の金を三十万円紛失したのです。」

「………」

「僕の恋人は、その三十万円を、自分の会社の課長から借りて弁償したといっているのですが。」

「………」

「しかし、僕は、その課長をよく知っているのです。三十万円もの大金を部下に貸すような男では決してありません。」

私は、たまりかねたように、

「だから、どうだとおっしゃるのよ。」

しかし、和気は、私には答えないで、

「長谷川さん、聞いていて下さいますね。」

「聞いてますよ。」

「そして、その恋人というのは、この矢沢君であったのです。」

「すこしも知りませんでした。」

「いったい、あなたと矢沢君とは、どういう関係なのですか。」

和気は、まるで詰めよるようにいった。マダムは、困り切っている。私を長谷川に紹介したのは自分であり、その結果が、今夜、こういうかたちで現われてこようとは、考えもしなかったに違いない。

「答えないといけませんか。」

「ぜひ。」

「さて、どのように答えたらいいかな。」

長谷川は、あくまで、おだやかであった。普通の男なら、若造に過ぎぬ和気の無礼ないい方に、きっと憤るに違いないのだ。失礼ではないか、ぐらいのことというところなのだ。しかし、長谷川は、こらえていた。多少うしろめたいせいがあるにしても、和気にくらべて、長谷川は、遥かに大人であった。人間としてのスケールも、違っているようだ。

「あなたがおっしゃらないのなら、僕からいいますよ。」

「どうぞ。」

「あなたでしょう、矢沢君に、三十万円を貸したのは！」

和気は、叫ぶようにいった。

四

「たしかに。」

長谷川は、答えた。マダムが、

「ただし、それは、あたしが長谷川さんから借りて、そして、あたしから矢沢さんに貸して上げたんですよ。」

「あなたは、どうして、この矢沢君に対して、そんなに親切にしたんですか。」

「矢沢さんは、あたしの妹の明子のクラス・メートだから。」

「ほんとですか。」

「信用なさらないんなら、明子に電話して聞いてごらんなさい。」

「信用しましょう。」

「そうよ。」

「で、その条件は？」

「条件とは？」

「まさか、三十万円からの大金を、無条件で貸したりする筈がないでしょう？」

「ああ、そういう意味だったのね。」

「いって下さい、その条件を。」

「何もなかったわ。」

「嘘だ。嘘に決っている。」

「そんなこと、あなたに何んの関係もないじゃアありませんか。」

私は、横から腹立たしそうにいった。

「いや、関係がある。」

「ないわ。」

「君は、僕と結婚すべき女なんだぞ。」

「あたし、そんな約束した覚えはありませんことよ。」

「いや、ある。」

「かりにあるとしたら、あたし、あらためて取り消させて頂くわ。」

「いかんよ。」

「だけど、そんなこと、あたしの自由意志でしょう?」

「長谷川さん、あなたは、男の癖に、この場に及んでも黙っているなんて、卑怯じゃアありませんか。」

「卑怯?」

「そうですとも。」

「卑怯といわれるのは、ちょっと困るな。」

「だったら、何も彼も、正直に白状して下さい。」

「白状したら、どうなるんだね。」

和気は、ぐっと詰ったようであった。が、すぐに押し返すように、

「その条件によっては、僕は、あなたを許しません。」

「君は、どういうことを想像しているのか知れないが。」

「たいてい、見当がついてますよ。」

私は、椅子から降りた。

「和気さん。」

「何んだ。」

「あなたの想像していなさる通りと思っていて頂戴。さようなら。」

私は、くるりと踵を返してしまった。

第十四章　接吻以後

一

私は、大急ぎで外へ出た。うしろで、私を呼ぶ和気の声が聞えていたのだが、しかし、その和気も私の荒い剣幕に恐れをなしたのか、それとも、

(あなたの想像していなさる通りと思っていて頂戴)

と、いった私の言葉に絶望したのか、外までは追ってこなかった。

私は、はじめのうち蹴るような歩き方をしていたのだが、やがて、のろのろした歩き方に

変っていった。その頃になると、私の昂奮も鎮まって、泣きたいほどの寂しさを感じていた。そこらは、人影もすくない夜の街であった。どこをどう歩いているのか、自分でもよくわからなかった。

（和気さんにだけは知られたくなかったのに……）

それなのに、自分からあんなふうにいってしまったのである。長谷川とはあと二ヵ月、そしてそのあと、私の胸の底には、和気にたよって生きていこうとの思いがなかったとはいい切れないのである。虫がいいとはわかっていた。しかし、長谷川を知らなかったら私は、今頃、和気と婚約していたかもわからないのである。

（結局、あたしは、ひとりぼっちになるんだわ）

弟だって、やがては、私からはなれていくに違いないのだ。現に、咲子に心を奪われて、姉のことなんか忘れかけている。しかし、私は、何んとしても、弟と咲子の結婚にだけは反対する決心でいた。尤も、そのことは、長谷川がうまくはからってくれる、といっていたけれども。

和気を失うことが決定的となった私は、却って和気を求めている自分に気がついた。こんな筈ではなかったのである。あんなにも長谷川が好きになり、惚れたという言葉がいちばんあてはまるとさえ思っていたが、それも和気を忘れんがための感傷であったのだろうか。あるいは、自己欺瞞であったのかも。私は、そういう自分がやり切れなくなって来た。

（もう一度、あのバーへ戻ろうか）

まだ、長谷川は、いるだろう。もう遅いけれども、かまわない。強引にでも頼んで、ホテルへ連れて行って貰うのである。そして、何も彼も忘れてしまいたいのであった。でなかったら、今夜は、眠られなくなりそうだ。

私は、引っ返しかけた。すると、目の前の角からひょっこりと人影が現われた。

「あっ。」

私は、どういうわけか、それが和気だとわかると、逃げ腰になった。

「矢沢君。」

和気は、鋭くいうと、私の肩を摑んで、

「もう逃さないよ。」

「はなして。」

「さっきから君を捜しまわっていたんだ。」

「あたし、あなたになんか、もう用がないわ。」

「さっきは、失敬した。僕は、つい昂奮していたもんだから。」

「だって、あたしという女に、もうあきれ返っているんでしょう?」

「僕の思い違いだったんだよ。」

「それは、どういう意味よ。」

私は、突っかかるようにいったが、心の中で、

(それでは、和気さんは、あたしを信用しているのだろうか)

と、信じられぬことを思っていた。

「君が出て行ったあと、僕は、ママさんからひどく叱られたんだ。」

「…………」

「自分の恋人に、あんな想像をするなんて、失礼にも程がある、と。」

「…………」

「長谷川社長との間には、何んにもありません、と。」

「…………」

「そして、そのことは、長谷川社長も間違いない、といってくれたんだ。」

私は、和気の話を聞きながら、二人のことを、

(何んという悪党なんだろう)

と、思っていた。

二人して、若い和気をゴマ化しにかかったのだ。そして、和気は、苦もなくゴマ化されてしまっている。私は、ほっとした。二人のことを悪党のように思ったが、しかし、二人とも、私の将来のためを考えていってくれたればこそに違いない。私としては、大いに感謝すべきなのである。にもかかわらず、私は、和気に悪いような気がしていた。

(いっそ、何も彼も、自分の口から……)

しかし、その勇気はなかった。私は、思いがけぬ事態の急変に、どうしていいかわからないのであった。が、これで和気を失わないですみそうだ、ということだけは、はっきりと感

じていた。

「長谷川社長って、なかなか人格者らしいな。」

「そうよ。」

「しかし、あの三十万円を借りるとき、どうして僕にいってくれなかったんだ。」

「ご心配かけたくなかったからよ。」

「水くさいよ。」

「じゃアあなたにいったら、三十万円の工面が出来まして?」

「そういわれると困るが。」

「それご覧なさい。」

「しかし、必死になって駈けずりまわったら。」

「あなたに、そういう辛い思いをさせたくなかったんだわ。」

「わかった。しかし、これからは、何も彼も打ち明けて貰いたいんだよ。」

「…………」

「僕がどんなに君が好きか、わかってくれているだろう?」

「…………」

「僕はね、さっきは、長谷川社長と決闘してもいいくらいの気でいたんだよ。」

「大袈裟だわ。」

「そんなこと、あるもんか。」

「いいえ、そうよ。」

「君が、そんなにいうんなら。」

和気は、そういうと前にまわり、私の目の奥を覗き込むようにした。私は、その和気の目の中に、燃えるような愛情の焔を感じた。私は、思わず、目を閉じた。嬉しいよりも、私の心の底を見透されてしまいそうな恐れを感じたのである。が、その次の瞬間、和気の両腕が、私の肩にかかっていた。荒荒しい力で、私の上半身は、和気の胸へ引き寄せられた。

「いけません！」

私は、強くいって、迫ってくる和気の唇を避けようとした。

「好きなんだ。」

「いけません。」

私は、和気の胸を押し返しながら、顔を左右に激しく振っていた。

「頼むよ。そして、僕は、安心したいんだ。」

「いけません。今夜は、嫌です。」

私は、必死になって、和気に抵抗していた。しかし、その必死の抵抗も、和気の強引さに、しびれるような陶酔にかわっていくようであった。私は、そういう自分に、あきれ果てていた。しかし、どうにもならないのである。やがて、私の抵抗は、限度に達した。私は、完全に和気の胸に抱き締められ、二人の唇は、触れ合ってしまった。和気は、狂気のように私の唇を吸ってくる。私は、吸われるにまかせながら、長谷川を思い出していた。

（長谷川さん、ごめんなさい……）

長谷川に抱かれながら和気を思ったこともある私だったのに。

二

一ヵ月が過ぎた。ということは、長谷川とは、あと一ヵ月、なのだ。私は、その一ヵ月を長谷川と毎日でも会っていたかった。

和気年久を失うと決まりかけたとき、私は、長谷川よりも和気が好きであったのかも、と思ったのだ。しかし、今はまた、和気よりも長谷川なのだ、と思いかけていた。いったい、自分の本心がどこにあるのか、自分でもよくわからなかった。そのため、ひどく自分を責めたりしていた。自分自身がどうにも救いようのない嫌な女に思われてくることもあった。その癖、私は、和気に半ば強引に唇を奪われたことについて、それほどの後悔をしていないのだった。勿論、私は、そのことを長谷川にいっていない。長谷川の方でも、以後、和気のことについては、何も触れなかった。

和気は、私と接吻したことで、安心したらしかった。それ以上に、自信を取り戻したようであった。ときどき、映画やお茶に誘ってくれる。しかし、私は、いろいろの理屈をつくっては、三度に二度は断わるようにしていた。こういう私は、あの京橋のマダムのいった、

「今でもその恋人に、多少のみれんがあるんだったら、すこしずつ接近しておいた方がいいわよ。」

という言葉を、それとなく実行していることになるのだろうか。

しかし、私の決心は、ついているのだった、和気年久とは、絶対に結婚しないことに。もしかしたらこのことは、和気と接吻しているときに考えたのかもわからない。私が、弟と咲子との結婚にあくまで反対するように、和気とも結婚してはならないのである。今、和気を騙して結婚することに成功したとしても、いつかはバレるだろう。バレた場合、その相手が長谷川だとわかったら和気の苦痛と憤怒は、たとえようもないに違いない。私の相手が、和気が一度は疑った長谷川とでなしに、全くの別人とであったら、和気の苦痛と憤怒は、長谷川との場合よりも、いくらか薄いだろう。私は、それを思うと、どうしても和気と結婚出来ないのである。しかし、かりに、長谷川と別れたあと、和気と結婚するのでなしにつき合っていく分には、誰からも咎められない筈である。ある意味で、私の勝手なのだ。しかし、それは長谷川と別れたあとのことであって、今の私にとって、今後の一ヵ月を、いかにして長谷川とより愉しく過ごすか、ということが重大であった。長谷川に、ますます可愛い女、と思われるようでありたかった。すこしでも、長谷川のプラスになるように振る舞いたいのであった。

卓上電話のベルが鳴っている。出ると、弟からであった。

「どうしたの？」

私は、いった。

「お姉さん、僕、とうとうやっちゃったんだよ。」

弟の声は、すくなからず昂奮しているようだ。私は、胸をどきんとさせながら、

「いったい、何を、よ。」

「課長と大喧嘩をしてしまったんだ。」

「大喧嘩？」

私は、眉を寄せた。しかし、それほど、おどろいてはいなかった。いつかは、こういう日がくるに違いない、と思っていたのだ。

「そうなんだ。また、月給泥棒なんていったので、我慢が出来なくなって。」

「………」

「殴りつけてやろうと思ったんだが。」

「いけないわ。」

「だから、殴りつけるかわりに、こんな会社を辞めます、といったんだ。」

「………」

「そうしたら、ああ、君なんか辞めたまえ、その方が会社のためだ、なんて。」

「で、どうしたの？」

「辞表を大急ぎで書いて、課長に叩きつけて、会社を飛び出して来たんだよ。」

「今、どこにいるの？」

「会社の近くの公衆電話からかけているんだよ。」

「そう……。」

「お姉さん……。」

「…………」

「お姉さん。」

それでも返辞をしないでいると、弟は、急におろおろ声になって、

「お姉さん、かんにんして。」

「…………」

「だって、僕は、男として、どうしても我慢出来なかったんだよ。」

「わかっているわ。」

「許してくれる？」

「許すも許さないにも、今となっては、どうにもしようがないんでしょう？」

「そうなんだ。だから、ね。」

「だから？」

「いつかお会いした長谷川電器の社長さんに、お姉さんから僕のこと、頼んで貰えない？」

「そりゃア頼んでみてもいいけど。」

「僕は、あの社長さんならとっても立派だし、この前だって、僕たちにあんなに親切だったし、何んとかして下さるような気がしているんだよ。」

「あんた、会社を辞めたこと、咲子さんにもういったの？」

「まだ、だ。これからすぐ知らせよう、と思っているんだ。」

すくなくとも咲子よりも先に知らせてくれたのだと、私は、嬉しかった。

「だけど、こうなると、あんたたち、結婚どころではないわね。」

「そう……。でも。」

「なによ、でも、なんて。」

「長谷川社長さんが、今よりもずっと条件のいい会社へ世話して下さったら、却って早く結婚出来るようになるだろう？」

「まア、あんたは、そんな虫のいいことを考えているの？」

私は、叱りつけるようにいった。

「だって……。」

「世の中って、そんなに甘いもんじゃアないわよ。結局、自分のことは自分で処理する覚悟でいなくっちゃア。この前、長谷川社長さんも、そうおっしゃってたでしょう？」

「わかったよ。すると、お姉さんは、僕のこと、長谷川電器の社長さんに頼んではくれないの？」

「そりゃアこんどだけは頼んで上げます。」

「僕、安心したよ。」

「あと、三十分ほどしたら、もう一度、お姉さんに電話をして。それまでに、長谷川さんのご返辞が聞いておけると思うのよ。」

私は、そういって電話を切ったあと、すぐ、長谷川に電話をした。

三

私は、その日、和気に映画を誘われたけれども、

「ごめんなさいね。急に、弟と銀座で会わなければならない用が出来ましたの。」

と、断わった。

「残念だなア。弟さんとなら僕は、割合いに親しいんだし、いっしょに行ってはいけない？」

和気は、しんじつ残念そうな顔でいった。以前の私なら、ここらで冷めたくあしらうのだが、接吻以後、それが出来なくなっているのだった。

「ところが、今夜は、どうしても姉弟水入らずでないといけないんです。」

「では、近いうちに三人でご飯を食べようよ。だったら、いいだろう？」

「そうね、弟ともよく相談してみます。」

「これ。」

和気は、私の掌の中に封筒に入った物を摑ませようとした。

「何んですの？」

「あとで見てくれたらわかるんだ。」

「嫌だわ。今おっしゃって下さらないと。」

「お金なんだよ。」

和気は、ちょっときまり悪げにいった。

「まア、お金？」

「五万円あるんだよ。」

「五万円も？」

私は、目をまるくした。

「すこしでも、君のお役に立ちたいと思ってたんだ。」

「…………」

「僕は、一日も早く、君に長谷川社長からの借金を返して貰いたいんだよ。」

「…………」

「今のところ、これだけでせいいっぱいだが、そのうちにボーナスを貰ったら、また、何んとかするから。」

和気は、私のために、こんなにまで思ってくれていたのだ。私は、目頭が熱くなるほど、有りがたかった。しかし、最早無用の金なのである。あの三十万円の借用の六分の五は、すでに返済ずみであり、残りの六分の一も、あと一ヵ月でしぜんに返済したことになるのだ。思えば、三十万円のために、私の人生は、すっかり狂ってしまったけれども、今の私は、そのことをすこしも後悔していないのだった。いや、後悔しないといっては嘘になる。ただ、後悔することを、ずっと後のことにしよう、と思っているだけなのだ。

「せっかくですが、頂くわけには参りませんの。」

「どうして？」

「あの借金は、あくまで私たち姉弟の責任なんですし、和気さんにまで、そんなご迷惑をおかけするわけにはいきません。」

「迷惑だなんて。僕は、こういう方法ででも、君のお役に立てることを喜んでいるんだよ。」

「でも、やっぱり頂くわけには……。」

「そんなに窮屈に考えてくれなくてもいいんだよ。」

「ですから、お気持ちだけで結構ですの。」

「しかし、君は、あの借金、まだ返していないんだろう？」

「その中に、すこしずつ返していますから。」

「その中に、この五万円を入れて貰いたいんだ。」

私は、頭を横に振った。和気は、不満そうであった。かまわないで、私は、

「これ、お返しいたしておきます。」

「しかし、僕は、男として、いったん出したんだし。」

「もう、そんなにあたしを困らせないで。」

「困らせるだって？」

和気は、心外そうな顔でいって、

「僕は、これでも君とは一心同体のつもりでいるんだよ。」

「とにかく、お返しいたしますから。」

私は、五万円在中の封筒を強引に、和気の掌に返した。和気は、しぶしぶそれを受け取ったが、

「気が変ったら、いつでもいってくれたまえ。これだけは、手をつけないでおくから。」

と、私のうしろからいった。

私は、銀座のレストランへ急ぎながら、

（もし、あの五万円を受け取ったら、和気さんに対して、二重の罪を犯すことになるんだわ）

と、思っていた。

しかし、受け取らなかったにしたところで、やっぱり、二重の罪を犯していると同然なのである。こんな罪を犯している私に、いつか、幸福な日がやってくるだろうか。私は、ふっと声を出して泣いてみたい衝動にかられた。

弟のことで長谷川に電話をしたら、

「僕も、ちょうど弟さんに会いたいと思っていたところなんだ。今夜、三人でいっしょにご飯を食べよう。」

と、いってくれたのだった。

「お願いします。」

「いいとも。ただし、今夜は、弟さんを悲しませることになるかもわからない。」

「と、おっしゃいますと？」

「あの咲子という女性、やっぱり、君のカンが当っていたんだよ。」

「そうでしたか。」

私は、呼吸を飲むようにしていった。半信半疑でいたことが、間違いでなかったことに決定したのだ。もともと、咲子との結婚には反対であった私にとって、これは喜んでいいことなのである。しかし、そのことは、弟にとって、生涯の最大の悲しみとなる可能性があるのだ。それを思うと、私の胸の中は、暗澹としてくるのだった。私といい、弟といい、余っ程、悪い星の下で生れて来たのであろうか。

「だから、今夜、僕は、そのことをはっきりといおうと思うんだよ。」

「…………」

「いいだろう？」

「…………」

「尤も、僕と君とのことを思うと、あんまり偉そうな口を利くのは、気が引けるのだが。」

「いいえ、おっしゃってやって下さい。あたしからも、お願いいたします。」

「そのかわり、就職のことは、引き受けてもいい。」

「何から何まで、お世話になって。」

私は、電話口で頭をさげた。それが、長谷川に感じられたのか、

「いやいや、僕の方だって、君に、わざわざ浅草の観音さまへお詣りに行って貰ったりしているんだから、お互いさまなんだよ。」

と、おどけたようにいって、電話を切った。

そのあと、弟から二度目の電話があったとき、私は、長谷川が銀座で会ってくれることになった、といってやった。

「しめた！」

弟は、それだけで、有頂天になって喜んでいた。

四

私は、銀座のレストランへ入って行った。いつか、咲子をまじえて会食したところである。

弟は、先に来ていて、私を見ると、ほっとしたような弱弱しい笑顔を見せた。

「待った？」

「五分ぐらい。」

私は、腕時計を見て、

「あと十分ぐらいで、長谷川さんがいらっしって下さる筈よ。」

弟は、立ち上ると、

「お姉さん、ごめん。」

と、頭を下げた。

「いいわよ、出来てしまったことですもの。そのかわり、今夜は、長谷川さんによくお願いするのよ。」

「勿論、そのつもりだけど、お姉さんからもよく頼んでね。」

「いいわ。」

「僕ね。」

「何？」

「さっきから失業者の悲哀ということを、しみじみ感じていたんだよ。」

「そう。」

「あんな会社なんか、いつだって辞めてやると思っていたんだが、失業してみると、街を歩いていても、心細いし、肩身がせまくてならなかったよ。」

「咲子さん、何んておっしゃってた？」

「出来てしまったことだからしようがないだろう、と。」

「割合いに、あっさりしてんのね。」

「でもなかったさ。」

「今でも、結婚したいと思っているの？」

「お姉さんは、どうして今頃になって、まだ、そんなふうにいうの？」

弟は、不満そうにいった。私は、相手にならなかった。万事は、長谷川が来てから、と思っていた。

その長谷川が来たのは、それから五分ほど過ぎてであった。

「やア、お待たせして。」

長谷川は、近寄ってくると、鷹揚にいった。弟は、立ち上って、

「お忙しいところ、すみません。」

と、最敬礼をした。

「掛けたまえ。」

そういうと、長谷川は、私の方を見た。私は、見返した。長谷川とは、一週間ぶりなのである。今夜も、どこかへ連れて行って貰いたかった。長谷川の目にも、そのことが現われているようだった。

「いろいろとご迷惑なことをお願いいたしまして。」

私は、あくまで神妙にいった。

「まア、いいでしょう。こういうことになるのも、何かの縁でしょうから。」

「何かの縁……。」

「と、僕は、思っているんですよ。」

「ほんとうに、そうですわね。」

「そして、そう思っていた方が、この世の中、気楽でしょう?」

「はい。」

「僕は、近頃になって、そのように思うようにしているんですよ。」

「では、あたしも、これからそう思うことにいたしますわ。」

「いいことですよ。ぜひ、そうなさい。」

長谷川は、口調に力を込めていったのは、あるいは、一ヵ月後に迫った別れのことを意識してのことであったろうか。

（何かの縁……）

（何かの縁……）

私は、同じ言葉を胸の中で繰り返していた。長谷川とこういう仲になったのも何かの縁であり、やがて別れていかなければならぬのも、何かの縁なのである。長谷川がそのように割り切ろうとしているのなら、私も亦、割り切っていかなければならないのである。

「お料理、何か注文しましたか。」

「いいえ、まだです。」

「では。」

長谷川は、ボーイを呼んで、そのあと、私たちの意見を聞き、ビールとビフテキを注文した。

「ところで、君は、課長に辞表を叩きつけたんだって？」

長谷川は、口調をあらためていった。

「はい、この前もお話した通り、またまた、月給泥棒のようにいわれたもんですから。」

「自分では、どう思っているんだね。」

「絶対に月給泥棒ではありません。」

「自信があるかね。」

「あるつもりです。」

「よかろう。月給は、いくら貰っていた？」

「一万円です。それに、残業手当やなんかがついて、一万二千円ぐらいでした。」

「では、一万四千円だったら上等だね。」

「一万四千円！」

弟は、目の色をかがやかして、

「そんなにいりません。僕は、こんどは、一万円でも、九千円でも我慢しよう、と思っていたんです。」

「その精神を忘れないことだ。早急に履歴書を書いて、お姉さんにわたしておきたまえ。」

「はい。」

「僕の友人のやっている神田の電気工事の会社なんだ。だいたいの諒解は得てあるんだが、しかし、最後のことは、その友人が決めるんだから、あくまでそのつもりで。」

「はい。僕は、一所懸命にやりますよ、こんどこそ。」

「そして、一生勤める気でだよ。」

「失業一日目ですが、肩身のせまさを痛感していたんです。」

「わかる。僕だって、先頃までは、会社が金繰りが悪く、不渡手形の直前に追い込まれていたときには、実際に心細かったからな。」

「長谷川さんほどのお方でも？」

「そうなれば、社長だって、ただの社員だって、いっしょさ。」

ビールが来た。

「僕。お注ぎします。」

弟は、早速、ビール瓶を持って、長谷川にお酌をし、次に、私にも注いでくれて、

「お姉さん、今夜は、僕のためにも飲んでよ。」

と、浮き浮きしながらいった。

私は、とにもかくにも、弟が今までよりも好条件で就職出来るらしいと決って、ほっとしていた。しかし、このあとに、咲子の問題が控えているのだと思うと、弟の顔が正視出来ないのであった。

三人は、ビールを飲んだ。

「僕は、長谷川さんの恩を死んでも忘れませんよ。」

「君は、僕の恩よりも、お姉さんの恩を忘れちゃアいけないよ。」

「はい。お姉さんからも、お礼をいってよ。」

「すみません。」

「いや、お役に立ってよかったですよ。これも、あなたの弟思いの精神に打たれたからですよ。」

「長谷川さん、僕は、咲子さんに、早くこのことを知らせてやりたいんです。」

「すると、君は、今でも、あの女と結婚したいと思っているのか。」

「はい。」

長谷川は、しばらく黙っていてから、

「それだけは、よした方がいい。」

と、強く、重い口調でいった。

第十五章　大切な人

一

「よした方がいいですって？」

弟は、信じられぬことを聞いたように、長谷川を見た。

「そう。僕は、よした方がいいと思うんだよ。君のために。」

長谷川は、ちらっと私を見てから、ゆっくりと同じ言葉を繰り返した。私は、そんな長谷川に、

（お願いします）

と、目顔でいっていた。

「どうしてですか。理由をいって下さい。」

弟は、低いが詰問するような口調でいった。その表情は、就職が決って、浮き浮きしていたときとは、別人のようになっていた。

（ああ、弟は、こんなにも咲子さんを愛していたんだわ）

私は、あらためて、そのことが思い知らされて、胸がつぶれそうであった。しかし、この際は、弟のために、弟の一生の幸せのため、あくまで心を鬼にして通さなければならないのである。

「理由か……。」

「そうですよ。」

「それを聞かないで、年長の僕の意見として、素直にしたがって貰えないだろうか。」

「そんなこと、出来ませんよ。僕は、どんなことがあっても、咲子さんと結婚する気でいるんですから。」

「わかるのだ。」

「わかっているのなら、何故、あんな残酷なことをおっしゃったんですか。あんまりじゃアありませんか。」

「かも知れぬ。」

「もし、長谷川さんが、僕が咲子さんと結婚するつもりなのなら、さっきいった就職の世話をしないとおっしゃるんでしたら、僕は、もうお世話になりませんよ。」

弟は、長谷川に対して、敵意を込めていいはじめたようであった。私は、たまりかねて、

「利夫さん、言葉が過ぎるわ。」

「だって、お姉さん、あんまりだからだよ。第一、長谷川さんには、そういうことをいう権

利がない筈だよ。」

　こんないい方をされたら、誰だって、憤るに違いないのである。が、長谷川は、憤らなかった。多少当惑気味の微笑を浮かべたままで、

「では、僕が反対する理由をいおう。」

「どうぞ。」

　弟は、ふてくされたようにいった。

「僕は、あの咲子さんの勤めているS玩具の人見社長を知っていたのだ。」

「どうして、今日まで、それを黙っていらっしたのですか。」

「そういわれると困るのだが。先日、その人見社長に会ったとき、僕は、咲子さんのことを聞いてみたのだ。」

「何故ですか。」

「君が結婚したがっているんだし、どういう女性か、知っておいた方がいいと思ったからだ。」

「………」

「いつか、咲子さんが、大阪に叔父さんがいて、月に一万円ぐらいずつ送って貰っているのだ、といっていたな。」

「そうですとも。」

「嘘なのだ。」

「そんなバカな。もし、そういう叔父さんがいなかったら、彼女の月給だけで、親娘二人が生活していける筈がないじゃアありませんか。」

「そうなんだ。が、大阪の叔父さんのかわりに、咲子さんに、毎月一万円程度の金を出してやっている男性がいるんだ。」

「誰ですか。」

「同じ会社の丸山という部長なのだ。」

長谷川は、ズバリといった。弟の顔色は、さっと変った。

「丸山部長……。」

「一ヵ月程前、僕たちがいっしょに銀座を歩いていたとき、うしろから来て、やアと軽く咲子さんの肩を叩いて行った男のことを覚えているだろう?」

「………」

「咲子さんは、丸山部長だといっていたよ。」

「いったい、丸山部長が、どうして咲子さんのために、毎月そんな大金を出してやっているのですか。」

「いくら君にだって、それくらいのことは、想像がつくだろう?」

弟は、答えなかったが、もう真っ青になっていた。私にしても、はじめて知る真相に、かねて想像していた通りではあったが、心の中で、呪いたくなっていた。結局、咲子と私は、似ていたのだ。そういう意味で、私は、咲子を憎んだり、軽蔑する気になれなかった。寧ろ、

（可哀そうに……）

と、いってやりたいものが、胸の中にいっぱいだった。

しかし、だからといって、弟との結婚に賛成する気には、どうしてもなれなかった。

「ねえ、利夫君。辛いだろうが、あきらめることだよ。」

「しかし……。」

「なに？」

「僕には、あの咲子さんがそんなことをしていたなんて、絶対に信じられませんよ。それじゃアまるで、今日まで僕を騙していたことになるじゃアありませんか。」

「そう。しかし、咲子さんだって、心の中で泣いていたかもわからないよ。」

「僕の方こそ、泣きたくなりますよ。」

「だろうな。」

「でも……。」

弟は、きっとなって長谷川を見て、

「あなたのいうことに間違いないという証拠があるんですか。」

「利夫さん。長谷川さんに対して、そんないい方、失礼よ。」

「お姉さんは、しばらく黙っていて下さい。もともと、お姉さんは、咲子さんと僕との結婚には反対だったんだし、長谷川さんの話を聞いて、喜んでいるんでしょう？」

「そんなことないわ。でも、今のような話を聞いては、反対せざるを得ないでしょう？」

「ねえ、長谷川さん、何かの証拠でもあるんですか。」

「証拠といわれると困るが、人見社長が僕に喋ってくれたんだ。」

「社長が、そんなことを？」

「社長が社内風紀の問題で、丸山部長をたしなめたことがあるんだそうだ。そのときの丸山部長の回答がそうであって、今もし自分があの娘を見捨てたら、もっとダラクしていくか、親娘心中の羽目におちいるでしょうから、しばらく見逃しておいてくれ、といったんだそうだ。そして、社長と丸山部長とは、遠い親戚にあたるのだそうだ。」

「…………」

「勿論、咲子さんの母親も承知の上でのことなんだ。」

「…………」

「社長も困って、ほどほどにして貰いたい、といっておいたんだそうだ。」

「…………」

「咲子さんに君と結婚する意志があったとしても、経済的には不可能、といっていいと思うんだよ。そういう意味から、咲子さんの母親だって、きっと反対するだろう。」

「でも、僕たちで共稼ぎをすれば。」

「ダメよ。」

私は、強くいって、

「咲子さんのそういう過去がわかって、それで結婚したら、あんたは、一生そのことで苦しい思いをするわよ。」

しかし、その言葉は、そのまま和気と私との場合に、あてはまるのである。

「僕も、そう思うな。」

長谷川がいって、更に、

「今は、苦しいだろうが、やっぱりあきらめておいた方がいいと思うんだよ。」

と、いったのだが、これまた、私の胸に応える言葉であった。

「そんなことをいっていたら、咲子さんには、一生誰とも結婚する資格がない、ということになるじゃアありませんか。」

この弟の言葉までが、私の胸をえぐってくるのであった。

（あたしと長谷川さんの関係を知ったら、弟は、何んというだろう）

私は、空恐ろしくなっていた。しかし、長谷川との関係は、あと一ヵ月なのである。その一ヵ月さえ過ぎてしまえば、弟にわかる心配はないだろう。しかし、今の私は、一方で、その一ヵ月の過ぎることを恐れているのであった。

弟は、それっきり黙り込んでしまった。もうビールを飲もうとはしなかった。弟にとって、生涯の最悪の日なのである。私は、弟から目をそらして、長谷川を見た。長谷川は、それに気がついて、頷いてくれた。その意味は不明であったが、私は、いたわりと感じた。弟も、私も、このように長谷川からいたわられているのである。

（ああ、別れたくないわ）

しかし、やっぱり、別れなければならないのである。あの地下室のママさんも、長谷川は、その気でいるのだ、といっていた。

急に、弟は、立ち上った。

「ちょっと、失礼します。」

「どうするのよ。」

しかし、弟は、そのまま私たちには見向きもしないで、そのレストランから飛び出して行ってしまった。

二

私がその夜、アパートへ帰ったのは、午後十一時頃であった。アパートの前まで、長谷川が自動車で、送ってくれた。私は、あのあと、長谷川に無理をいって、ホテルへ連れて行って貰ったのである。

「今夜は、よした方がいいんじゃアない？」

長谷川がいった。

「どうしてですの？」

私は、恨めしそうにいった。

「だって、弟さんのことが心配だろう？　そういう気分のとき、ホテルへ行ったりしても、面白くないよ。」

私は、頷いた。まさに、その通りなのである。私は、あのあと、弟がどこへ行ったのか、気になっているのだった。といって、このまま長谷川と別れる気にもなれないのだった。もし、誰かが、

（お前には、弟と長谷川さんのどっちが大切なのか）

と、問い詰めたら、きっと、私は、返答に窮したであろう。

勿論、弟は、可愛いのだ。可愛いからこそ、弟のために自分の身体を犠牲にする決心をしたのである。しかし、今の私にとって、長谷川は、大切な人なのであった。ましてや、別れが一ヵ月後に迫っているのである。一日一日が、貴重なのだ。私が、このまま弟の後を追うようにしてアパートへ帰ったところで、弟がアパートに戻っているとは限らないのである。寧ろ、夜の街を泣きわめくようにして歩いている公算の方が大なのだ。弟が、そういう苦しい状態にあるとき、姉がホテルへなんか行っていいものであろうか。その反省が、たしかに私の胸の中にあった。

「でも……。」

私がいった。

「でも？」

「このままお別れしたんでは、心が残ってしようがないんですもの。」

「悪いお姉さんだな。」

「認めますわ。」

私は、悄然としていった。

「いや、今のは冗談だ。君ほどいいお姉さんは、世間にそうやたらにいないだろうな。」

「そう思って下さいます?」

「だからこそ、こんなに好きなんだよ。」

「本当にあたしが好き?」

「わからないのか?」

「いいえ、わかっていますけど、あなたの口からいって貰いたかったのです。」

「欲が深いんだな。」

「そうなんです。あたしって。ですから、お願い。」

「よかろう。僕だって、今夜は、そういう期待で出て来たのだから。」

ホテルでは、いつもよりよけいに私は、燃え上らせられてしまったようだった。長谷川も、

「どうしたのだ。」

と、いぶかったほどであった。

私にも、その理由がわからなかった。弟のことを忘れたいために、そうなってしまったのであろうか。それとも、長谷川によって、私の身体が、そういうように仕上げられたのであろうか。

「わかりませんわ、そんなこと。」

私は、長谷川の胸に、顔を埋めた。そんな私の頭髪を、長谷川は、満ち足りたように優し

く愛撫してくれている。私は、ときどき、

（今頃、弟は……）

と、思い出し、罪の意識に襲われかけるのだが、そのつど、頭を横に振るようにして、それを忘れるように努めていた。

「あと一ヵ月だな。」

長谷川がいった。

「そうね。」

私は、答えた。

「五ヵ月なんて、あっという間に過ぎてしまった。だから、あとの一ヵ月も、あっという間に過ぎてしまうよ。」

「きっと……。」

長谷川は、黙り込んでしまった。私の方から、

「お嬢さん、お元気ですの？」

「そう。一度、君に会わせようと思ったこともあるのだが。」

「あたしもお会いしておきたかったわ。」

長谷川が、私にその娘を会わせようといった時には、あるいは、私との結婚を考えていてくれたのでなかろうか。私にしても、そういう夢を見なかったとはいい切れないのである。しかし、今の長谷川には、そういう気は、全くないようであった。

しばらくたって、長谷川の方から、

「別れるときには。」

と、いい出した。

「別れるときには？」

私は、長谷川の胸から顔を上げた。

「お互いに、笑って別れようね。」

「でも、あたし、きっと、声を上げて泣くと思うわ。」

「泣かれるのは苦手だよ。」

「嫌い？」

「ああ。」

「だったら、笑います。ああ、これでやっとせいせいしたわ、といって笑います。」

「そうだよ。」

「そのかわり、長谷川さんも笑ってね。」

「笑おう、声を出して。」

「声を出すなんて、嫌だわ。」

「無言の微笑というやつか。」

「あたしが、さようならといって、踵を返しますから、そのあたしの姿が見えなくなるまで、じいっと見送っていて。」

「いいよ。」

「あたし、決して振り向きませんから。」

「わかったよ。君の好きなようにしてやる。」

「お願いね。」

「そろそろ、帰った方がいいだろう？」

「もう五分だけ……。」

そして、その五分が過ぎると、私は、

（しっこいぞ）

と、いわれるのを恐れつつ、更に、五分だけ延長して、やっと長谷川のそばをはなれたのであった……。

私は、自動車がアパートの前に停まると、すぐに自分の部屋の窓を見た。が、灯は、点いていなかった。

「弟、まだでしたわ。」

私は、ほっとしながらいった。これでも、弟が先に帰っていたら何んと弁解したもんであろうかと、自動車がアパートへ近づくにつれて、冷や冷やしていたのである。

「よかったな。」

長谷川も、ほっとしたようにいった。私は、黙って唇を長谷川に寄せた。長谷川は、運転手の方をちらっと見てから、応じてくれた。私は、長谷川の肩に手をかけて、さっきのホテルでのことを思い出していた。

「おやすみなさい。」

「ああ、おやすみ。」

「こんどは、いつ？」

「一週間以内に。」

「三日以内に。」

三

私は、自分の部屋に入った。いつものように母の写真の前で、

「ただ今。」

と、頭を下げたのだが、長谷川とホテルで過ごして来た日には、何んとなく母の顔が見られないのであった。

しかし、今夜は、

「お母さん、利夫ちゃんが可哀そうなんです。どうか、幸せにしてやって下さい。そして、無事に早く帰って来ますように。」

と、お願いした。

十一時半になっても、弟は、帰ってこなかった。私の不安は、つのってくるばかりであった。

（交通事故にでも？）

　そういうことが、思われてくる。いても立ってもいられぬ気持ちであった。十二時になった。私は、弟の分と二つの寝床を敷いたが、横になる気にはなれなかった。十二時半になって、やっと、弟が帰って来た。私は、ほっとすると同時に、腹が立って来て、

「いったい、どうしたのよ、今頃まで。」

と、叱りつけるようにいった。

「どうもすみませんでした。」

　弟は、神妙にいった。が、どうやら相当に酔っているらしいのである。その神妙さも、うわべだけのようだ。私は、これ以上、何もいわない方がいいのだ、と思い返した。

「すぐ、お休みなさいね。」

「寝ます。」

「お洋服、そこへ脱ぎ捨てておいて。」

「いや、自分のことは自分でします。」

　弟は、ふらっと足許を踏みしめるようにして、洋服を脱ぎ、それをハンガーにつるして、壁にかけた。そのあと、寝巻に着換えると、

「お姉さん、お休みなさい。」

と、私の横の蒲団の中にもぐり込んだ。

「お休みなさい。」

私もいって、枕許の電気スタンドの灯を消した。暗闇の中で、弟は、黙っている。私も、黙っている。が、その間に、ふしぜんさの流れているのは、どうにもしようがなかった。私は、しだいに息苦しくなって来た。それを忘れるために、長谷川のことを思い出していた。しかし、横の弟のことが気になって、その思いの中に没頭することが出来なかった。

「お姉さん。」

やがて、弟がいった。

「なに？」

私は、仰向いたままで答えた。しかし、そのあと、弟は、黙っているのである。いいたいことがいっぱいあって、いい迷っているような気配であった。

「あんた、長谷川さんのいって下さった神田の会社に勤めるんでしょう？」

「そのつもりだけど……。」

「だったら、至急に履歴書をお書きなさいね。」

「うん。あれから、長谷川さんは、僕のことを憤ってられなかった？」

「でもなかったわ。」

「お姉さんは、何時頃に帰ったの？」

「あれから間もなくよ。あんたのことを、長谷川さんによくお願いしておいて。」

「僕ね。」

「…………」

「僕ね、お姉さん。」

「何んなの。いいたいことは、何んでもいっていいのよ、かまわないから。」

「僕は、長谷川さんのいわれることが、どうしても信じられなくて、あれからすぐに咲子さんの家へ行ったんだよ。」

「まア。」

「彼女、家にいたから話したいことがあるといって、外へ連れ出したんだ。」

「…………」

「僕は、彼女に、何か僕に隠していることがないかといってやったんだよ。」

「…………」

「彼女は、否定した。何んにもない、というんだ。」

「…………」

「で、僕は、長谷川さんに聞いた通りのことをいってやったんだ。」

「そうしたら？」

「はじめのうちは、絶対にそんなことはないといっていたんだが、でも、その態度が、どうもおかしいんだよ。」

「…………」

「僕が、あくまで問い詰めたんだ。すると、わっと泣き出して、ごめんなさい、といったよ。」

「やっぱり、だったのね。」

「僕は、あんまりじゃアないか、といってやった。それでは、完全に僕を騙していたことになるじゃアないか、と。」

「…………」

「騙すつもりはなかったが、本当に好きであったというのだ。」

「…………」

「陰で、そんなことをしていて、虫がいいにも程がある。」

「…………」

「僕は、殴ってやりたいくらいだ、といったら、殴ってもいい、といった。どんなことをされても憤らない、ともいった。」

「で、あんた、殴ったの？」

「一つだけ。」

「可哀そうじゃアないの、殴るなんて。」

「彼女は、もっと殴ってくれてもいいといったんだよ。しかし、僕は、一つ殴ったら、もうそれ以上、殴る気になれなくなってしまったんだ。」

「…………」

「僕は、君のような穢れた女の顔は、もう二度と見たくないといって帰って来たんだけれど。」

「…………」

「あとになると、もう口惜しいやら、悲しいやらで、僕は、途中でお酒を飲んだんだ。」

「わかるわ、その気持ち。」

「僕は、さっきまで、夜の街を、わアわアと泣きながら歩いていたんだよ。」

私には、そういう弟の姿が見えてくるようであった。

「そして、僕は、ね。」

「なに？」

「彼女を許してやろうか、と思っているんだよ。」

「許すって？」

「あきらめられないんだよ、僕は。」

「まア。」

「だからなんだよ、お姉さん。僕は、理性では、あんな女なんか、もうダメだとわかっているんだ。しかし、感情の上では、どうしてもあきらめられないんだ。憎いけど、僕は、やっぱり、彼女が好きなんだ。本当に、好きなんだ。」

そういうと、弟は、声を忍ぶようにして、泣きはじめた。理性で割り切れても、感情で割り切れないという弟の言葉は、そのまま、私の長谷川への思いにあてはまるようであった。

しかし今の弟は、私の何倍か、何十倍か、身をさいなむように苦しんでいるに違いないのである。私も亦、泣けて来そうであった。

「わかるわ、利夫ちゃん。」

「…………」

「でもね、やっぱり、あきらめた方がいいんじゃアないか知ら？」

「…………」

「とにかく、今夜は、このまま、おやすみなさい。明日になったら、また、気分が変るかもわからないし。」

しかし、弟は、答えないで、忍び泣きを続けていた。私は、それを聞きながら、自分でもどうしていいか、わからないのであった。弟の気持ちの鎮まってくれるのを神さまに祈っていた。今の私に出来ることは、その程度であった。

四

二週間が過ぎた。あと二週間で、長谷川とは別れなければならぬのである。

弟は、一週間前から神田の電気工事の会社に勤めるようになっていた。

「こんどの会社は、前の会社よりも、ずっと勤めやすいようだよ。」

弟がいっていた。しんじつ、そのことを喜んでいるようだった。弟は、あれっきり、咲子のことは、一言もいわなかった。といって内緒で咲子に会っているような気配もなかった。あの夜、思い切り泣いたので、却って気持ちの整理が出来たのであろうか。いや、恐らくは、苦しい毎日を、歯を食いしばるようにして生きているのであろう。流石は、男の子だ、といってやりたいくらいだった。

私なんか、長谷川と別れたあとは、当分の間、めそめそして暮しそうである。今からそういう日日が思いやられた。

「よかったじゃァありませんか。」

私がいった。

「お姉さん、その後、長谷川さんにお会いした？」

「会うもんですか。だって、そういうチャンスがお姉さんにある筈がないでしょう？」

しかし、私は、この二週間に、長谷川と三回も会っているのだった。いつでも、長谷川は、優しくしてくれる。しかし、だからといって、

「六ヵ月が過ぎても、今の関係を続けようか。」

とは、いってくれないのだった。

もし、そのようにいってくれたら、私は、一つ返辞で、

「嬉しいわ。」

と、いったであろう。

私は、近頃になって、

（何故、あたしと長谷川さんは、六ヵ月が過ぎたら、そのまま赤の他人にならなければならないのであろうか）

と、いうことをしきりに思うようになっていた。

勿論、はじめの約束が、そうなのだ。しかし、約束は約束として、こんなに好きになってしまったのである。だとしたら、はじめの約束はもう無視してもいい筈なのだ。しかし、私は、そのことを自分からいうのが嫌であった。長谷川の口からいって貰いたいのであった。これは、ゼイタクというものであろうか。しかし、私は、それによって、長谷川の私への愛情のあかしを得たいのであった。勿論、過去六ヵ月近くの長谷川の愛情には、露ほどの疑いもいだいていない。しかし、それはあくまで契約による愛情なのかもわからないのだ。いいかえれば、六ヵ月限りの愛情なのだ。

愛情にも、いろいろの条件があるのではなかろうか。一生を貫く愛情と、十年だけの愛情と、六ヵ月だけの愛情と、更に、たった一日の愛情と。一日なら愛せても、六ヵ月を愛せないという場合があるだろうし、六ヵ月の限度で、それ以上はごめんだという場合。そして、私が恐れるのは、長谷川が、私を愛してくれているのも、あくまで六ヵ月を限度として、という条件であったのでなかろうかということであった。

いや、もう一つ、問題なのは、私自身の胸の中にある自分への非難の声であった。あるいは、そのことがもっとも重大であったかもわからない。私は、長谷川を好きになればなるほど、自分を非難して来ていたのである。

（三十万円のために、長谷川とあんな契約を結んだのは、ある意味で、神さまも許して下さるだろう）

しかし、それ以上になると、問題は、全く別になってくる。誰から非難されても文句のいえない娘になってしまう。それが辛かったし、私の胸の中に残っている僅かながらの誇りが、頭を持ち上げて来て、私を責めるのだった。

（やっぱり、別れよう。そして、弟が、今苦しみながら堪えているように、私も堪えていくべきなんだわ）

私の結論は、それであった。そして、私は、長谷川との最後の夜を、目黒一帯の灯の見える高台にあるホテルで過ごしたのであった。

第十六章　赤の他人

一

（とうとう、外泊してしまったのだ……）

私は、さっきから繰り返し、そのことを思っていた。今までに、長谷川と何十回ホテルへ来ているか知れないが、弟の思惑を考えて、外泊したことは、一度もなかった。いつだって、なるべく十一時前に帰るようにしていた。そして、長谷川も、それをすすめたのだ。

私は、遅く帰るときの口実に、いつも、残業をつかった。

「お姉さんの会社って、そんなに忙しいの？」

弟は、寧ろ、私に、同情するようにいってくれた。

「そうなのよ。そのかわり、残業手当がうんと貰えるからたすかるんだわ。」

私は、ぬけぬけとそんなふうに答えて来たのである。しかし、外泊では、残業を口実にするわけにいかないのだ。

恐らく弟は、私のことを気にして、昨夜は、まんじりともしなかったのではなかろうか。交通事故のようなことを想像して、おろおろしていたかもわからない。私は、弟の顔を見ることが恐ろしくなっていた。といって、長谷川と一夜を過ごしたなんて、それこそ、口が腐ってもいってはならないのである。

昨夜、長谷川は、

「帰った方がいいんじゃァないか。」

と、いってくれたのである。

「嫌です。今夜は、泊まらして。だって、明日からは、もう赤の他人になってしまうんですもの。」

私が、長谷川の胸にしがみつきながらいった。

「僕だって、その方が嬉しいのだが、弟さんには、何んという?」

「そんなことまで心配して頂かなくてもいいのです。」

「弟さんは、真面目に働いているそうだ。」

「長谷川さんのお陰です。」

「しかし、僕だって、君のお陰で、いろいろと……。」

「でも、今夜で、何も彼も最後ね。」

「そういうことになるかな。」

「今後、もし、どこかでお会いしたら、どういう顔をしていればいいんですの？」

「さっき、君が、自分でいったじゃアないか、赤の他人になるのだって。」

「笑いかけてもいけないのね。」

「赤の他人だから。」

「お茶を誘うことなんか、もっと、いけないのね。」

「赤の他人だから。」

「赤の他人って、悲しいもんなのね。」

「いや、却って、いいのだよ、その方が。」

「そうね。本当におっしゃるとおりなんだわ。」

「しかし、君がお嫁に行くとき、何か、お祝いくらい贈ってやりたいな。」

「あたしが、こんな身体で、お嫁にいけると思ってらっしゃるの？」

「しかし、一生独身で通すわけにもいかんだろう？」

「それはそうかも知れませんけど。」

　私は、いいながら和気を思い出していた。その後の和気は、相変らず、私をお茶に誘ったりしてくれる。長谷川とのことについては、何んにも気がついていないようだ。時には、感づいていて、わざと知らぬ振りをしているのではないか、と思うこともあるが、しかし、知

っていて、そんな器用な真似の出来る男ではない筈なのである。やはり、気がついていない
に違いない。それなら、一生気づかれたくなかった。一度は、結婚を夢見た男なのである。

軽蔑されたくなかった。

「あたし、かりにお嫁にいくことがあるとしても、長谷川さんにはお知らせしません。」

「もう、赤の他人だから？」

「そうよ。」

しばらくたって、私は、

「あたし、ね。」

「うん。」

「今、何を考えているか、おわかりになります？」

「わからん。」

「つれないのね。」

「おや、からむのか。」

「そうよ。今までは、あなたに恩がありましたし、何ごとも遠慮していたのよ。だけど、明日からは、自由の身体だわ。」

「そう。自由の身体だよ、君は。」

「ですから、思い切り、奔放に生きてやろうか、と思ってますのよ。」

「奔放とは？」

「近寄ってくる男たちを、次から次へ手玉に取ってやるの。」

「…………」

「場合によっては、人の恋人だって、横盗《よこど》りしてやるの。」

「…………」

「世の中を面白おかしく過ごすのよ。きっと、痛快だと思うのよ。」

「そりゃアさぞかし痛快だろうね。」

「手玉に取る男の中に、長谷川さんもいれて上げましょうか。」

「光栄だね。」

私は、更に和気の名を口にしかけたが、それだけは、はばかられた。

「そのかわり、長谷川さんだって、どんなことをしたっていいわよ。当然のことだけれども。」

「…………」

「銀座と渋谷の女との仲をお戻しになっても。」

「…………」

「ねえ。いつか、ホテルのロビーでお会いした信濃みち子さんと、ご結婚なさってもいいのよ。」

「…………」

「嫌だわア、あたしにばっかり喋らせて。」

「…………」

「いったい、どうなさったのよ。」

「どうもしない。が、君のいう自由奔放って、さぞかしいいもんだろうな、と思っているところだ。」

「いいもんですか。悲しいだけだわ。」

「だったら、どうして、あんなことを口にしたのだ。」

「おわかりになりませんの？」

「わかるような気がするのだが。」

「一つの悲しみを忘れたかったら、それ以上の悲しみをいくつか味わうことでしょう？」

「僕も、そういう意味でいっているのであろうと思っていたのだ。」

「そんなにおわかりになっているのなら。」

私は、そのあと、

（どうして、明日から赤の他人になるなんておっしゃるのよ）

と、いいたかったのである。

（愛し合っているのだし、もう期限なんか決めないで、今の関係を続けていこう、といって）

そうもいいたかったのである。しかし、いえなかった。そして、そのことは、すでに、私の心の中で、整理がすんでいた筈なのである。要するに、私のみれんなのだ。しかし、長谷川は、すこしもそんなことを考えていないに違いない。はじめから半年と決めて、その範囲で、私を可愛がってくれたのである。半年以上は、ごめんだと思っているのだ。

考えてみれば、長谷川ほどの男なのだ。その気になれば、明日にでも、新しい女を手に入れることが出来るに違いないのである。それこそ、私なんかとは比較にならぬくらい美しい女を。そのためには、私にいつまでもかかわっていられては、邪魔になるだけなのだ。面倒臭いだけなのだ。私は、明日にも、長谷川が私以外の女を可愛がる姿を頭に描いた。胸が灼かれるように熱くなってくる。

（嫉妬……）

それ以外の何ものでもなかった。かつて、長谷川について、これほど激しい嫉妬を感じたことがなかったのだ。それを、しかも最後の夜に感じさせられるとは、何んという因果なことであろう。

「わかっているのなら？」

「もう、何も彼も、嫌ッ。」

私は、不機嫌にいってから、

「それより、もう一度、可愛がって。最後ですもの。ねえ、お願いよ。うんと、強く、もう死にたくなるほど……。」

私は、自分の方から、恥も外聞も忘れたように、ひしとすがりついていった。そういう私に、長谷川は、しっかり応えてくれた……。

二

長谷川は、七時二十分まで、寝かしてくれといったのである。その時刻に、そろそろなろうとしている。長谷川は、ぐっすり眠っているようだ。起すのが、可哀そうであった。社長さんなのだから、たとえ会社へは午後になって出勤しても、誰からも文句をいわれないだろう。しかし、私の方は、そうはいかないのである。やっぱり、九時までに出勤しないと悪いのだ。

今日からは、完全に赤の他人なのだ。もう長谷川には、指一本触れさせてやらない。いや、触れて貰えないのである。それなら、長谷川を寝かしたまま、そうっとこの部屋を出て行こうか。その方が、如何にも別れにふさわしいのである。

かつて、私は、長谷川に、別れるときには、無言の微笑で見送ってほしい、といってある。そして、私は、さようならといって踵を返し、決して振り向かないから、といってあった。長谷川は、そういう私の姿が見えなくなるまで見送ってくれる約束であった。しかし、そんな別れ方は、如何にも、芝居気たっぷりである。それよりも、このまま部屋から出て行った方が、何倍かしぜんである。私は、その気になりかけた。

（でも……）

さっき、長谷川は、話がある、といっていたのである。どういう話があるというのだろうか。私には、見当がつかなかった。また、すでに赤の他人となってしまった今となって、どんな話だって、聞きたくなかった。いや、聞きたいのだ。私にとっていい話なら、すがりついてでも聞きたいのである。しかし、今更、いい話が聞かれようとは思われないのであった。それなら期待して、あげく失望するだけ、後味が悪くなるわけであろう。

私は、思い切って立ち上りかけた。長谷川は、寝返りを打った。そのひょうしに、目を開いた。

「ああ、いてくれたんだな。」

長谷川は、私を見ると、ほっとしたようにいって、

「今、何時？」

「七時二十分です。」

「よし、起きよう。が、その前に、煙草を喫わせてくれないか。」

「煙草なら、枕許にございます。」

「火を点けて、くわえさせてほしいのだ。」

「まア、厚かましい。すでに、二人は、赤の他人なんですよ。」

「そうか。」

「でも、特別に、ね。」

「頼む。」

私は、長谷川の枕許へ近寄って行って、自分で煙草に火を点けて、

「はい。赤の他人さま。」

と、差し出した。

「すまん。」

長谷川は、私の出した煙草をうまそうに喫ってから目を閉じた。

「さっき、話がある、といったことについてだが。」

「あたし、嫌なお話なら、聞きたくありませんことよ。」

「しかし、とにかく、聞くだけは聞いてくれないか。すこし、大袈裟にいえば、これでもこの六ヵ月間、毎日のように考えていたことなんだから。」

「この六ヵ月間なら、あたしが三十万円の小切手を頂いたときから、ということになるじゃアありませんか。」

「そうなのだ。」

「おっしゃって。」

「とにかく、今日からは、赤の他人だ。」

「そうですわ。」

「このけじめだけは、はっきりとつけておこうね。」

「どうぞ、そのご心配なく。あたしは、すでにその気でいるんですから。」

「僕はね、君が好きなんだ。本当に好きなんだ。」

「昨日までは、でしょう?」

「いや、今日だって。そして、明日も、明後日も……。」

長谷川は、目を閉じたままでいった。煙草を手に持ったまま、喫うことを忘れているようである。灰がながくなっていた。私は、灰皿を長谷川の煙草の下に持って行き、自分の指で、そのながい灰を落してやった。長谷川は、薄目でそれを見ると、

「有りがとう。」

と、いったが、すぐ目を閉じた。

それにしても、長谷川は、これから何といおうとしているのだろうか。私の胸は、ふるえてくるようであった。

「正直にいうと、僕は、君との結婚をしんけんに考えたのだ。」

「まっ。」

「しかし、僕には、子供がある。」

「そんなこと……。」

「それに、君は、僕と結婚するには若過ぎる。」

「そんなこと。」

「いちばん重大なことは、僕たちが知り合った動機が、あまりにも不純過ぎる。」

「…………」

「かりに、僕たちがこのまま結婚したとしたら、その動機の不純だったことに、しょっちゅう嫌な思いをしていなければならないかもわからない。」

私は、頷いた。まさに、その通りなのである。

「僕は、君の弟さんのあの女の問題を処理するとき、自分たちの場合を考えて、実に辛い思いだった。」

「あたしも。」

「だろうな。」

長谷川は、頷いた。私は、また、長谷川の煙草の灰を灰皿の中に落してやった。こんどは、長谷川は、目を開かなかった。

「結局は、弟さんの将来のためを思って、ああいう結論を出してしまったが、しかし、ああいう結論を出した以上、僕には、君と結婚する義務があるのではなかろうか、と思いはじめたのだ。わかってくれるだろう?」

「わかりますわ。」

私は、もう涙ぐみたくなっていた。

(やっぱり、長谷川さんは、私との結婚をしんけんに考えていて下さったんだわ)

私は、それだけで、満足だった。この思いだけで、別れの悲しみを悲しみとしないで生きていけそうである。

「更にいえば、あの結論は、君を他の男と結婚さしてはならぬ、ということになるのだ。」

「はい。」

「とすれば、君は、僕と結婚するより仕方のない女なのだ。」

私は、心の中で、

（そうよ、そうよ）

と、叫んでいた。

「しかし、そうなると、不純な動機のことが気になってくる。」

だから、あきらめてくれ、というのであろうか。私は、長谷川の手から煙草を取ると、それを灰皿の中で、もみ消した。長谷川は、さからわなかった。

「で、いろいろと考えたのだ。」

「どういうことですの？」

「二人が結婚する方法を、だ。」

「ございますの？」

私は、声を弾ませた。まるで、夢を見ているような思いであった。

「ただし、今の君に、僕のような男とでも結婚してやろうという気があったら、のことなのだが。」

「ないとでも思ってらしったの？」

「いや……。」

長谷川は、そのあと、ちょっと間をおいて、

「何度もいうように、今日からは、お互いに赤の他人なのだ。」

「はい。」

「今後六ヵ月間、赤の他人のままでいるのだ。」

「たった六ヵ月でいいんですの？」

「一年といいたいのだが。」

「嫌よ、あたし、一年なんて。」

「実は、僕も、なんだ。」

「それで？」

「その間、二人は、会わないのだ。電話もかけない。」

「はい。」

「そして、六ヵ月たっても、お互いの気持ちに変りがなければ、いかに、動機が不純であったとしても、本当に愛し合ってたのだということが出来るだろう？」

「出来ますわ。」

「そのときこそ、二人は、結婚するのだ。ただし。」

「ただし。」

「六ヵ月後に、二人のうちのどちらかに、そういう気がなくなっていれば、仕方がないからあきらめるのだ。」

「あたし、絶対に心変りなんて、しませんことよ。」

「いやいや、今からそういう断言をするのは早過ぎる。」

「そうでしょうか。」

「同じことが、僕にだって、いえると思うのだ。とにかく、会わないで、六ヵ月間を過ごしてからのことだ。」

「…………」

「僕の話というのは、これだったのだ。」

「…………」

「賛成してくれる？」

長谷川は、目を開いて、私を見た。私は、見返して、

「賛成にもなにも、あたし、嬉しくって。」

半泣きの声でいっていた。

三

一ヵ月過ぎた。私は、その間、長谷川のことばかりを思い続けていたといってもいい過ぎではない。夜中に目を醒ましては、

（長谷川さん……）

と、いってみたり、

（あなた……）

と、いってみたり、そして、

（私の御身……）

と、いってみたりしていた。

横で、弟は、軽い寝息を立てながら寝ている。弟は、その後、咲子のことは、口にしなかった。といって、完全に忘れたのではなかろう。恐らく、忘れようとして、毎日歯を食いしばっているのであろう。そういう弟の横で、私は、長谷川との過去を思い出して、信じられぬような幸せな思いでいた。

（利夫さん、ごめんなさい）

しかし、弟だって、私が長谷川と結婚するとなったら、一応はおどろくだろうが、結局は、喜んでくれるに違いなかろう。私が幸せになれば、それだけ、弟をも幸せにしてやれる可能性が出来てくるのである。

長谷川を思い続けながら暮していることは、私にとって、たしかに幸せに違いなかったが、しかし、一方で、長谷川と会っていないということが、絶えず、私を不安にしていた。私の長谷川を思う心は、半年たっても、一年たっても、変らないに違いない。いや、長谷川を思う心は、日に日に深くなりつつあるのだ。しかし、長谷川の方は、どうなのであろう。私とは逆に、日に日に忘れかけているかもわからないのである。そのことが、恐かった。

私たちは、六ヵ月目の午後七時に、京橋の地下室のバー「K」で会うことになっていた。そもそもは、その「K」で、「K」のマダムの言葉によって、私たちは、結ばれたのである。だから、再会するのも、同じ「K」の方がよかろう、ということになっていた。そして、マダムの前で、二人は婚約の成立を誓い合うのである。

あと五ヵ月、私には、その日が待たれてならなかった。

（でも、その日、七時になっても、八時になっても、長谷川さんがいらっしゃらなかったら？）

私は、その想像だけで、顔から血の気の退いていく思いだった。きっと、泣くだろう。いや、自殺したくなるかも……。

弟は、何かいったようだ。私は、耳を澄ました。

「……、咲子さん、君は……。」

弟の寝言であった。弟は、咲子の夢を見ているのだ。私は、あらためて、弟の苦悩を思い知らされた。

二ヵ月が過ぎた。いぜんとして、私は、長谷川に会っていなかった。その噂も、耳にしていなかった。弟に、

「会社で、長谷川さんの噂を聞かない？」

と、何気ないように聞いてみたこともあった。

何故なら、弟の会社というのは、長谷川の友人が経営しているのだ。時には、長谷川が、その会社へ姿を現わすことがあるかもわからない、と思ったのである。

「別に……。」

弟は、いぶかるように私を見て、

「どうして？」

「ただ、何んとなく聞いてみただけ。」

「僕は、いちじ長谷川さんを恨んだことがあるけど、今では、結局はいい人であったと思えるようになったよ。」

「そうよ。あんないい人って、めったにあるもんですか。」

「長谷川さん、たまには僕たちを思い出して、晩ごはんをご馳走してくれないかな。」

「そんなこと、厚かましいわよ。」

「しかし、万に一つ、長谷川さんからそういう話があったら、お姉さんは、どうする?」

「そうねえ。」

「そうねえ?　僕なら二つ返辞で、飛んで行くよ。」

「お姉さんだって。」

「当然だよ、ね。」

弟は、安心したようにいって、

「その後、和気さん、どうしている?」

「元気らしいわ。」

「らしいって、あんまり交際していないの?」

「そうよ。たまには、お茶ぐらい誘われるけど、たいてい断わってるわ。」

「どうして?」

「その気にならないからよ。」

「僕は、ね。」

「何？」

「お姉さんは、和気さんと結婚すればいいのに、と思っていたんだよ。」

「あたしには、はじめからそんな気は、すこしもなかったのよ。」

「そうかなア。僕は、あるとばかり思っていたんだ。でも、和気さんは、その気だったんじゃアない？」

「さア、どうだか。」

私は、わざと気のない返事をして、和気のことから話題を避けようとした。そして、和気の方でも、近頃になって、私にあんまり近寄らなくなっていた。しょっちゅう誘いを断わったりするので、流石に気を悪くしたのであろう。当然のことなのである。が、ひたすら長谷川を思い続けている私にとって、その方が、有りがたかった。だけでなしに、心の中で、和気にすまなく思い、和気が一日も早く、適当な恋人を見つけてくれたらいい、と思っていた。といって、昔のように、和気に別の女をあてがうようなおろかな真似だけは、絶対にしたくないのであった。

和気にあてがおうとして失敗した杉山洋子は、昨日、珍しく会社へ顔を出した。結婚以来はじめてで、

「ちょっと、この近くまで来たからよ。」

と、いっていた。

「とっても、幸せらしいわね。」

私がいった。

「そうなのよ。わかる？」

「だって、お顔に、そう書いてありますもの。」

「結婚って、いいものよ。」

「どやすわよ、この人。のろけなんかいったりして。」

「だって、本当のことなんですもの。ですから、あなたも、早く結婚しなさい、といってるのよ。」

「あたしは、当分の間、ダメ。」

「和気さんとは？」

「しないわ。」

「そう。」

杉山洋子は、ちらっと私を見たが、それ以上の深追いをしなかった。

四

更に一ヵ月過ぎた。あと三ヵ月……。いぜんとして、私は、長谷川に会っていないし、その噂も耳にしていなかった。すでに、長谷川は私のことなんか忘れてしまっているのではなかろうか、と心細くなってくる。私は、せめて一目なりと横から見ておきたいと、長谷川の会社の前あたりをうろついたり、その自宅の近くに、一時間近くも立っていたり、したことがあった。

　そんなある日、弟が会社へ電話で、

「お姉さん、長谷川さんは、入院しているんだそうだよ。」

　と、知らせて来た。

「まっ、入院？」

「さっき、社長室へ入っていったら、そういわれたんだ。」

「どこの病院？」

「K病院だそうだ。」

「何の病気？」

「交通事故らしいんだ。いのちには別条がないらしいんだけど、右脚が骨折したとか。」

「大変じゃアありませんか。」

「そうなんだ。だから、すぐ知らせたんだよ。」

　私は、弟の電話を切ってからも、胸の動悸がおさまらなかった。

(右脚が骨折……)

　気がつくと、私は、ぶるぶるとふるえていた。もう、じいっとしていられなくなった。あと三ヵ月は、会ってはならないのである。そういう約束であった。しかし、病気なのだ。これを、どうして放っておかれようか。私は、叱られてもいい、と思った。とにかく、K病院へ行ってみよう、と決心した。

私は、課長に、猛烈に頭痛がするから早退させてほしい、と嘘をついた。課長は、その嘘を認めてくれた。私は、会社を出ると、すぐタクシーを拾った。病院に近づくにつれて、私の不安は、ますますつのってくるようであった。

長谷川の病気の心配。

約束を破ったことでこっぴどく叱られて、不機嫌になられるのではないかとの心配。

しかし、何れにしても、私は、行かずにはいられないのであった。私は、あらためて、自分が、どんなに長谷川を愛しているかを思い知らされた。

病院の受付で、長谷川の病室を聞いた。入院していることが、間違いでなかった。長谷川は、十日も前から入院していたのである。それを知らしてくれなかった長谷川の強情さが恨めしかった。しかし、強情のためでなく薄情のためであったら、いったい、私は、どうすればいいのであろうか。

長谷川の病室の前に立った。そのときになって、私は、お見舞の品を持っていないことに気がついた。しかし、品物よりも、心の方が貴重なのだと、自分に弁解した。

(この扉の向こうに、長谷川さんがいらっしゃるのだ)

私は、何度か深呼吸をしてから、扉をノックした。

「どうぞ。」

それは、まぎれもなく、長谷川の声であった。私は、扉を開いた。長谷川は、ベッドの上に仰向けになっていたのだが、私を見ると、あっという顔をした。骨折した脚は、蒲団の下にかくされている。が、血色は、いいようであった。私は、近寄って行った。そういう私を、長谷川は、じいっと見ていた。

「さっき、弟が知らせてくれましたの。」

長谷川は、頷いてみせた。

「来てはいけなかったのかも知れませんけど。」

「………」

「どうしても来ないではいられなかったんです。」

「………」

「ごめんなさい。」

「いや。」

長谷川は、軽く頭を横に振って、

「実をいうと、さっきから君に電話を掛けて、来て貰おうか、と思っていたところなんだ。」

「ほんとですか？」

「自分からいい出したが、六ヵ月なんて永過ぎた！」

「あたしだって……。」

私の目から、みるみる涙が溢れて来て、微笑《ほほえ》んでいる長谷川の顔がぼうっとしてくるようだった。

解説

寺尾紗穂

本書の中で、一九八一年生まれの私にとって全く分からなかった言葉は「ＢＧ」であった。

「いわゆる紳士淑女の出入りが目立ち、私のような貧しいＢＧの姿は、見当たらないようだ」

「相手は、小沢咲子さんといって、母一人娘一人の貧しいＢ・Ｇなんです」

「咲子の服装には、華美なところはすこしもなかった。そこらにありふれたＢ・Ｇであった」

はて、貧乏ガール？　と悩みつつ、やがてそれがビジネスガールの略であると気づく。本作『御身』は一九六一年から「婦人公論」に連載されたが、「ＢＧ」という名称は東京オリンピックの開催を控えた一九六三年から「ＯＬ（オフィスレディ）」にとって代わられてゆく。なんでも、売春婦を意味する「Bar Girl」を連想させるということで、名称一新となったらしい。

井原あやは「サラリーマン小説」の旗手として知られる源氏鶏太が「BG小説」の書き手でもあったとして、『向日葵娘』や『女性自身』を考察しているが、その特徴として「職場を舞台としながらも、およそ働いている様子は描かれない」点をあげている。さらに一九五八年に刊行された女性誌「女性自身」の「BG専科　まったくあなたの仕事は〝単調〟ですね」といった記事（一九六〇年八月二十四日）を示し、女性事務職に求められたものは、仕事をこなす能力というよりも女性性であったことを指摘している（「『女性自身』と源氏鶏太――〈ガール〉はいかにして働くか――」「國語と國文學」平成二十九年五月号）。こうした傾向は今日においてもなお存在する「女性は一般職でよい」という社会通念の中にも色濃く残っているといえるだろう。

本作の主人公矢沢章子も「BG」であるが、サラリーマンの弟が課長から預かった三十万を紛失したことで、その金をなんとしても捻出すべく、電器会社の社長・長谷川に六か月の契約で性を売るという、会社を超えた奇妙な人間関係が展開されていく。読者は、次第に長谷川に惹かれていく章子を眺めながら、六か月の恋人契約の後に、章子がそれまで好意を覚えていた同僚の和気のもとに戻るのか、はたまた長谷川との関係が更新されていくのか、目が離せなくなる。「世間には、同時に二人の男性を相手にしている例が多いそうだが、私にだって、その気になれば出来ない筈はないのである」と、当初勝気に考えたとおりになるには、章子という女は少し純情すぎるのだ。

女が金や生活のために体を売るというのは古今東西同じだろう。そして社会の近代化が進むほどに、男が女を買うことについて、それは単なる性欲であり、本命の恋人や妻との間にこそ精神的に深いつながりが生まれると信じられてきたとも言えるかもしれない。性の売買は必要悪であるとはしても、汚らわしいことであり、そこに本当の愛は生まれないと多くの人が信じたい。本書の設定で面白いのは、章子が愛する弟の恋人もまた、貧しい生活のために体を売っているということだ。それを知り、章子は何としても彼女と弟を結婚させまいとする。自ら答えの出せていない問題が、大事な弟の恋愛の中にも同じくたち表れてくるのだ。いや、正確にいえば、章子の心の中で愛についての答えは出ていたのだと思う。しかし、章子の思考の中では「体を売る汚らわしさ」をなかなか認められない。

本作については「恋愛至上主義を批判した」作品という評もあるそうだが、私は寧ろ矢沢章子という個人の意識の葛藤が生き生きと描かれているのを面白く感じた。言うまでもなく、社会常識に基づいた善悪によって物事を見ようとする「思考」と、単なる契約であり体だけの関係といくら思いこもうとしても、抑えがたい愛情が生まれてきてしまう「心」との相克である。源氏は「女が幸せになるため」という文章の中で、こんなことを書いている。

いつも心を明るい方へ、明るい方へと向けていた場合、しぜんと、あるはなやかさが身についてくるのではあるまいか。（中略）世の中のことは、楽観的に考えていると、不思議にそういうふうになっていく場合が多いようである。（『わが文壇的自叙伝』）

この楽観主義が源氏の大きな特徴でもある。何せ登場人物たちの出会いのほとんどが「偶然」である。いちいち数えあげることもないだろうが、数えたくなるほどあるのである。もうちょっと人と人を出会わせるためのプロットを練ってもいいようなものだが、源氏の描きたいのは「その先」であったのだろう。自分の小説が後世に残るだろうか、と書いていた源氏の懸念は、ややパターン化されたそうした単純さを自らの弱点と捉えていたからかもしれないが、上の文章を読んでいると、この人生観であればさもありなんと納得してしまう。自分の直感を信じて明るく進む。これは映画化でも成功をおさめたと言われる「青空娘」の主人公小野有子の性質にもぴたりとあてはまる。このようにまっすぐ生きれば自然、運が味方し、運が味方すれば、偶然も頻発するわけである。本作の章子は有子とはまた違ったキャラクターだが、素直さにおいては共通している。「恥も外聞も忘れ」長谷川を愛するからこそ、夜中に章子が一人つぶやく「私の御身……」という言葉に、読者は自ら覚えのある恋心を重ねて、その切実さに涙できるのである。同僚の和気との間で揺れていた章子の心は後半、長谷川への愛を固めてゆく。もはや彼女は「思考」の霧を脱して、あるがままの「心」を生きるのだ。

最後にまた話を先述のBGについての井原氏の論文に戻してもよいだろうか。この論文の中で彼女は一九六二年の読売新聞記事「新BG読本②」を引いているのだが、ここに紹介されているBG「K子」さんの言葉に私は唸ってしまった。

この仕事は、熟練もなにもないんだから、まもなく新しい人がすっかり覚えてしまうだろう。そうしたら、私がいままでやってきた三年間の年月に、いったいなんの意味があるんだろう。

私は二〇一九年の二月に福島のいわきでまさにこれと同じような言葉を原発労働者の同世代の男性から聞いた。彼は3・11の前から福島原発で働いてきた人だ。しかし、三月で雇い止めになること、二度と原発では働くつもりはないことを教えてくれた。迷いはないようであった。

社会は源氏鶏太が描いたサラリーマンの時代とは大分変わった。会社が一生面倒をみてくれる、という幻想も若者の間にはすでにない。長年労働力の使い捨てが横行してきた原発労働だけでなく、社会全体に非正規労働者が増え、かつては女性労働者のみが抱えていた問題を多くの男性も抱える世の中になった。加えてAIの普及が進めばさらに職を失う人は増えるとも言われる。足元の現実のまわりをぐるぐると巡りつづける自らの思考にがんじがらめになっていては、不幸になるだけの時代である。多くの人が、古い常識を疑い、自らの幸福とその行路を問い直す時期ではないかと思う。源氏鶏太が描いた時代は過去のものとなったが、彼が作品に込めたメッセージは古びることなく、まさに今届けられるべきもののようにも思えてくる。「なつかしの昭和の明るさ」の中に源氏作品を閉じ込めるのは、いささかもったいない気がしている。

（てらお・さほ　音楽家・文筆家）

・本書『御身』は一九六一年六月号から一九六二年九月号まで「婦人公論」に連載され、一九六二年九月に中央公論社より刊行されました。
・文庫化にあたり『源氏鶏太全集』第三十四巻（講談社一九六六年）を底本としました。
・本書のなかには、今日の人権感覚に照らして差別的ととられかねない箇所がありますが、作者が差別の助長を意図したのではなく、故人であること、執筆当時の時代背景を考え、該当箇所の削除や書き換えは行わず、原文のままとしました。

ちくま文庫

御身《おんみ》

二〇一九年八月十日　第一刷発行

著　者　源氏鶏太（げんじ・けいた）

発行者　喜入冬子
発行所　株式会社　筑摩書房
東京都台東区蔵前二―五―三　〒一一一―八七五五
電話番号　〇三―五六八七―二六〇一（代表）
装幀者　安野光雅
印刷所　星野精版印刷株式会社
製本所　株式会社積信堂

ISBN978-4-480-43609-2 C0193